婚約破棄からの追放とフルコースいただきましたが、
隣国の皇子から溺愛され甘やかされすぎて
ダメになりそうです。

レクシアス
魔物がはびこる「冥府の森」の管理人。眉目秀麗かつ有能だが、ギルティアに執着しすぎるあまり、時々暴走してしまう。
ギルティア
強い浄化の力をもつ聖女。その力でもって彷徨う魂を天上に導くことができる。死者を悼むために常に黒いドレスを着ているが、そのせいで「死神聖女」と呼ばれることも…
Characters
登場人物紹介

ブランド
カメロン王国の第三王子。ギルティアの婚約者だったが、彼女を陰気臭いと嫌い、婚約破棄をつきつけた。
ミッシェル
ゼノビス公爵家の次女で、浄化の聖女。なにかにつけギルティアに突っかかってくる。ブランドの婚約者になろうとしている。
サリエル
ミッシェルの姉で、公爵家の嫡子。
ゼノビス公爵
ミッシェルの父。虎視眈々と国を牛耳るためのチャンスを窺っている。

目次

婚約破棄からの追放とフルコースいただきましたが、
隣国の皇子から溺愛され甘やかされすぎて
ダメになりそうです。

第一章　死神聖女は自由になりたい

「ギルティア・エル・マクスター、死神聖女である貴様との婚約はこの時をもって破棄し、私は新たにミッシェル・リア・ゼノビスと婚約を結ぶ！」

死神聖女――私はそう呼ばれている。

煌びやかなシャンデリアの光が降りそそぎ、目の前の婚約者の金色の髪を美しく輝かせている。

私の婚約者であるカメロン王国の第三王子ブランド殿下は見た目だけは素晴らしく、どこにいても注目の的になっていた。今もその容姿と高らかな宣言で、貴族たちの視線を集めている。

この場は第二王子の誕生祝賀会。幸か不幸か、国王陛下たちはまだ入場していない。

「……ブランド殿下、正気でございますか？」

思わず本音がぽろりとこぼれてしまった。

このカメロン王国には、民を守るための特別な存在として聖女という役職がある。

聖女は能力によって三種類に分けられ、攻撃が得意な『破魔の聖女』、結界が得意な『守護の聖女』、そして彷徨う魂を天上に導く『浄化の聖女』がいた。それぞれの聖女の頂点に立つのが、国王から任命された認定聖女で、各聖女の中で一番力の強い者が選ばれる。

この認定聖女を中心にして、王国は凶暴で邪悪な力を持つ魔物から人々を守っている。さらに認定聖女はその優秀な遺伝子を残すため、王族、あるいはその近親者との婚姻を義務づけられていた。

私は伯爵家の長女だったが、浄化の認定聖女として十歳の頃から役目を果たしていて、例に漏れず第三王子の婚約者でもあった。

……もう過去形のようだけれど。

「正気かだと⁉　当たり前だ！　冗談でこのようなことを言うわけがないだろう！」

「そんなに大声で叫ばなくとも聞こえておりますわ。でも、そうですか……本気ですのね？」

ブランド殿下の腕にしなだれかかるようにして立つのは、私の次に浄化の力が強いゼノビス公爵家の次女ミッシェルだ。ふわふわのピンクブロンドの髪と水色の瞳が愛らしい令嬢である。

聖女と権力者との婚姻が繰り返されてきたので、この国では高位貴族に力の強い聖女が生まれやすい。適性がある女児は専門の教育機関である中央教会に所属し、共同生活を送ることになる。当然私もミッシェルも、中央教会の施設でともに過ごしてきた。

そういえば、ミッシェルはやたらと私に突っかかってきていたわね。たいして害がなかったから放っておいたのだけど。

「ああ、本気に決まっているだろう！　貴様の着ている黒いドレスは陰気臭くて我慢ならん！　私がなにを話してもニコリとも笑わず、あまりにも不気味だから死神聖女と呼ばれているのに、改善もしないではないか！」

「……黒いドレスを着ているのは死者の魂を弔うためですわ。ニコリともしないのは申し訳ないことでしたが、殿下のお話には笑顔になる要素がございませんでしたので」

「なぁっ⁉」

確かにブランド殿下の指摘は間違っていない。

私は浄化の認定聖女になってから、黒いドレスしか着ていない。それでも、流行の形を取り入れたり、レースをふんだんに使ってみたり工夫はしていた。

今日のドレスだって王室御用達のデザイナーに頼んだものなのに。

笑顔を見せないのは、ブランド殿下がお話しする内容が、どこぞこの令嬢にアプローチされただの、有名な画家に肖像画を描かせただの、どうでもいいことばかりだからだ。たまに語る武勇伝でさえ、前線から遥か後方で安全に討伐したというものなのですもの。いえ、王子様ですから安全を確保しなければいけないのは理解できるのだけど。

ただ、いつも最前線で魔物の討伐をしている私は、どうしても彼を持ち上げることができなかったのよ。

「くっ！　これだけではない！　今日は貴様の非道なおこないを明らかにするために、この場を選んだのだ！」

まるで心当たりがない。

「非道なおこないですか？　いったいどのような？」

「ミッシェルから聞いているぞ！　貴様は中央教会でミッシェルに髪飾りやアクセサリー、艶やかなドレスの着用も禁止したそうだな⁉　ミッシェルは陰険な仕打ちをされたと泣いていたのだぞ!!」

「……中央教会では魔物との戦闘訓練がございますので、アクセサリー類の着用はもともと禁止されています。ドレスについては、浄化の際に魂になった方から伝言を頼まれて、ご遺族様に訪問することがあります。その際には暗い色のものを着るように言いました」

実戦さながらの模擬戦闘があるのに、アクセサリーなんて着けていたら大きな怪我につながりかねないし、死者の最後の言葉を伝えるのに派手な格好でなんて行けるわけがないでしょう。悲しみにくれるご遺族の神経を逆なでしたいのかしら?

「そ、そんなっ! だが、伯爵家である貴様が公爵家のミッシェルに命令するのは不敬であろう!!」

「お忘れですか? 私は認定聖女なので、王族の皆様と同等の立場ですわ」

だからといって、わがままを言うわけではないけれど。

「しかし、戦闘訓練の時にミッシェルにわざと怪我をさせただろう! ミッシェルは心に傷を負って、一カ月も外に出られなかったんだぞ!?」

ブランド殿下の言葉に、はてと考える。

怪我をした後、一カ月外に出られなかった? ああ、ひと月も引きこもった上に私のせいだとわめき散らしていたアレのことかしら。

「……その時突き飛ばしていなければ、ミッシェルは飛んできた剣でもっと大怪我をしておりました。心の傷かどうか存じませんが、確かにひと月は怪我が治ってもお休みされていましたわね」

突き飛ばして怪我をさせたといっても、手と足を少し擦りむいただけでしたけど……公爵家の令嬢には大怪我になるのかしら？

訓練をお休みして、毎日優雅にティータイムをとっていたのは知っているけれど。

なんだか、話していてとても疲れるわ。

一週間におよぶ魔物討伐から、やっと戻ってきたところなのに。

毎度のことだけど婚約者から労りの言葉もない。この祝賀会に出ることさえウンザリしているのをわかってほしいわ。

ブランド殿下のおっしゃる内容がくだらなすぎて、耐えられない。今すぐ解放してくださらないかしら。

待って、解放？

あら……私、気付いてしまったわ。

目の前に転がっているのは、またとないチャンスではなくて？

嫌だわ、気付いてしまったらニヤけてしまうじゃない。今こそニコリともしないと言われた無表情を貼りつけなければ！

「もう結構ですわ。婚約破棄を承ります」

「っ！　ようやく自分の罪を認めたのだな!!　それでは、ギルティア・エル・マクスターから即刻、認定聖女の地位を剥奪し、『冥府の森』へ追放とする!!」

「かしこまりました」

台本でも用意していたのだろうか。言い終えたブランド殿下は得意気に胸を張っていた。

冥府の森……魔力の磁場が狂っていて、魔物が大量発生する危険地帯ですわね。

あの地を管理しているのは、大陸一の軍事力を持つユークリッド帝国。許可なく森に立ち入った者は魔物に喰われるか、管理している帝国軍に侵入者として捕らわれると聞いていますわ。

ブランド殿下が許可など取っているわけないわね。そう、どうやっても私を処分したいというの。

近衛騎士に促(うなが)され、私はわざと俯(うつむ)きながら会場を後にした。会場内は静けさに包まれていたけど、私の頭の中はこれからの準備のことでいっぱいだ。

とにかくこの状況がひっくり返らないうちに、さっさと冥府の森に向かわなくては。

騎士たちに思いのほか丁重に馬車に乗せられたところで、私は思いっきりにんまりと笑う。

このチャンス、絶対にものにするのよ！

あのボンクラ王子から離れられて、しかもまったく自由のなかった聖女生活から解放されるのですもの！

なんとしても冥府の森の管理者から逃げ切って自由を手に入れなくては……!!

冥府の森で生き抜くために最低限の荷物だけでも取りに行きたい、と護送してくれる騎士たちに伝えると、中央教会に立ち寄ってくれることになった。

私室に行き必要なものをマジックポーチに詰め、家族宛の手紙を書いて中央教会に託(たく)す。

私が聖女になってからは離れて暮らしているけど、父と兄は変わらずに愛し続けてくれた。父は母が亡くなった後も後妻を娶(めと)らず、兄もまた十歳からひとりの女性を想い続けるほど愛情深い。

私がこんなことになって悲しませてしまうのが心残りだった。だからこれは私が望んで追放されたのだと、どうか悲しまないでほしい、としたためた。

そうして聖女の制服である黒い膝丈のドレスに着替えて、また馬車に乗り込んだ。王都を出たところで騎士たちが転移の魔道具を使い、冥府の森へと移動した。正直、ニヤニヤするのを我慢できていたか自信がない。

こうして無事に冥府の森へと追放していただき、私は自由への一歩を踏み出した。


冥府の森で暮らし始めて一週間が経った。

私は森のど真ん中で純白の折りたたみ簡易テーブルを広げ、ゆったりと椅子に腰かけて優雅なティータイムを楽しんでいる。このテーブルセットは魔物討伐の遠征中でも、聖女が心のゆとりを保てるように考案された優れものだ。

鼻先をかすめるお茶の香りが中央教会でよく飲んでいたものと似ていて、荒波のようだった日々が思い出される。

中央教会に十歳で所属して、八年が過ぎた。

聖女の力が発露した少女たちは問答無用で家族と引き離され、中央教会の管理下で国のために力を使えと強要される。そして魔物討伐の最前線に出ても簡単には死なないようにさまざまな訓練を課せられていた。

地獄のような訓練をこなし最前線で魔物たちと戦ううちに、ずいぶんとメンタルも鍛えられた。

死神聖女と呼ばれ、貴族社会から疎まれ嫌われていても、命をかけた戦闘を前にそんな些細なことは気にならなくなった。

なにより仲間たちにはちゃんと理解されていたし、小さな世界にとらわれる貴族たちを哀れだとさえ思っていた。

貴族たちは家門から聖女を輩出して評価を高めるため、あらゆる手を使って聖女を伴侶として迎えようとする。そして子供を産ませた後は放置するのが常だ。

特に認定聖女は、結婚相手は王族かその血筋の貴族と決まっていて、逃れることは許されなかった。ただただ押しつけられたものを受け入れて、国のために身を粉にして働く。それが聖女だ。

だからこそ仲間は大切な存在だったし、私だけ自由になって申し訳ないと思っている。

「いけないいわ。あまりに平和すぎて過去を懐かしんでしまったわね」

私は気持ちを切り替えて、今夜の食事について思考を巡らせた。

「今日の夕食はアグリポークのステーキがいいわね。昨日森の奥で見かけたあの獲物に決めたわ」

この冥府の森はほとんど人の手が入っていない。そのため動植物が豊富で、食糧には困らなかった。

昨日薬草の採取をしている時に見つけた獲物――アグリポークを思い出す。むっちりとした肉は、塩を振って焼いただけでもきっと美味しいだろう。

飲み終えたカップを魔道具で清浄して、テーブルと椅子を片づける。そして、それらを腰につけたマジックポーチに収納していく。このマジックポーチは聖女に支給された魔道具で、冥府の森で生き抜くためには必須だと思い持ってきたのだ。本当にいろいろな場面で役に立っている。

片付けを終えた私は鼻歌を歌いながら、軽やかに森の奥へと足を進めた。


ここ冥府の森は磁場が狂っていて、常に高濃度の魔力が渦巻く特殊な土地だ。

そのせいで浮かばれない魂が世界中から集まってくるのだ。魔力を取り込んで穢(けが)れてしまった魂は実体化して、人々に襲いかかる。それが魔物の正体だ。

穢(けが)れた魂は聖女が使う魔法で浄化されない限り、たとえ倒されても時間が経てば復活してしまうので不死の魔物(アンデッドモンスター)と呼ばれている。

生前の想いが強ければ強いほど強力な魔物となって目的を果たそうと暴走し、街や村を破壊していく。そんな危険な魔物がうようよ湧いてくるのが冥府の森だ。

だからいくら緑と清らかな水があふれ、肥沃(ひよく)な土壌で貴重な魔石がふんだんに眠る場所だとしても、治めるのは困難を極めた。

現在は大陸一の軍事大国であるユークリッド帝国が管理している。帝国はこの危険地帯に屋敷を建て、軍の中でも指折りの猛者(もさ)をその管理者として常駐させているらしい。

今のところ、その管理者には見つかっていないはずだ。というか、とんでもない危険地域なので、帝国軍以外の人間は、ほぼいない。

たまに見かけるのは、魔石を無断で採取しに来た冒険者くらいだ。冥府の森はその性質から、高濃度の魔力を含んだ鉱石が魔石となってその辺にごろごろ転がっている。

質のいい魔石は高級魔道具の製作でよく使われるため、かなりの高値がつく。だけど、そんな不届き者も帝国軍の騎士たちがすぐに捕縛して連行していった。

無断で侵入した者は捕らえられ、牢に入れられると聞いている。自由を手に入れるためは、ここで帝国軍に捕まるわけにはいかない。そのため騎士を見かけたらすぐに転移魔道具を起動して逃げ回っていた。

できるだけ帝国軍の騎士に会わないようこっそりと控えめに過ごして、サクッと隣国に抜けよう。

「それにしても……虫すら姿を消しているなんておかしいわね」

狩りをするために森の奥へ来たけれど、明らかにいつもと様子が違う。

ここまで生き物の気配がしないなんて、ありえない。

次の瞬間、耳に届いたのは大地を震わせるような咆哮(ほうこう)だった。

『グオオォォォォ!!』

巨大な魔物が丸太のような腕を振り回して、木々をなぎ払っている。瞳は自我を失っているようだった。五メートルもある身体全体に包帯が巻かれたアンデッドモンスター、これはグレートマミーだ。

煮えたぎった血のような紅い双眼が、私を捉える。

こっそりと控えめにしたいのに、こんな大きな魔物に狙われたらそうも言っていられない。

どうか帝国軍に見つかりませんようにと強く祈りつつ、浄化魔法を発動させる。

「黒薔薇の鎮魂歌(レクイエム)」

グレートマミーにいばらが絡まる。その無数にある棘が、魔物の魔力と、負の感情を取り込んでいく。やがて黒い薔薇が咲き乱れ、はらはらと散っていった。

黒い花びらが舞い散る、幻想的な景色。

グレートマミーがしぼむように消えて、その後に現れたのは、すっかり浄化された七色の魂だ。

「最後の言葉はあるかしら？」

『ありが……とう』

それだけ残して艶やかに輝く魂は天へと還っていった。

どんな想いを残したのかはわからない。でも、どうか来世は穏やかに過ごせますようにと、そう願った。

私を含めて浄化の聖女と呼ばれる者たちには、ふたつの役目がある。ひとつめの役目は破魔の聖女たちが倒した魔物の魂を浄化することだ。通常は守護の聖女が張った結界の中で魂の浄化をする。

けれども、私は前任の浄化の認定聖女様のスパルタ教育のおかげで、倒されていない魔物の魂も浄化できるようになってしまった。あの時のみんなの驚いた顔は今でも覚えている。

ふたつめの役目は、浄化した魂がこの世に残した最後の言葉をご遺族に届けることだ。

魂が天に還る際に、魔物になってしまった原因ともいえる強い想いを、浄化をした聖女だけが聞くことができる。聖女になってからの八年間、この魂の最後の言葉を届ける時はいつも心を抉られる。

私の言葉で悲しみにくれる人や遺産の心配をする人、まるで興味を持たない人、いろんな人たちがいた。悲しみから責め立てられることも多々あって、私はやがて笑うことを忘れていった。

ちなみにブランド殿下の話は心底つまらなかったので、真顔になっていただけだ。

「さて、魔物が消えたから今度こそ獲物を狩れるかしら？」

そう思って、生き物の気配を探った時だった。

カサリと音を立てて葉が揺れる。ハッとして音がした方に視線を向けた。

そこにいたのは、ひとりの青年だった。

スラリとした長身に、柔らかそうな黒髪がふわりと風に揺れている。私を見つめる琥珀色の瞳は、驚きに見開かれていた。スッと通った鼻筋と、ほどよい厚みのある唇が温かい印象を与える。

どこからどう見ても美形と言って差し支えない、見目のいい男だ。黒っぽい衣装をまとう姿は隙がなく、腰に佩いた剣と佇まい、あふれるような魔力から只者ではないとわかる。

人間……こんなところに？　私も人のことは言えないけれど。ああ、もしかしてこの方も同じ理由で驚いていらっしゃるのかしら？

「あの……？」

声をかけてから、ひとつの可能性が頭をよぎる。

冥府の森の管理者――まさか、この優しげな青年が？

この前見た軍人とは格好が違うようだけれど。

ただ、こんなところにいる人間が一般人でないのはわかる。私のように追放されたのか、それとも帝国軍の人間なのか。または魔石を窃取しに来た冒険者か。

さりげなく見極めていたら、彼の剣にユークリッド帝国軍の紋章が刻んであることに気が付いた。

しまった！　帝国軍の人間だわ！　ということは管理者側!?

これは、逃げるしかない!!

私はとっさにマジックポーチから緊急避難用の転移魔道具を取り出し、起動させた。

「おい！　待っ――」

目がくらむほどの光に包まれて身体がフワリと軽くなる。

少ししてまばゆい光が収まったので目を開くと、三日前にテントを張った大岩の前に立っていた。

確かに逃げ出せたはずなのだけど――

「ギルティア」

振り切ったはずの男は、すでに私の転移先にいた。

転移の魔道具が壊れたわけではない。ちゃんと発動したし、さっきとは違う場所に私は立っている。目の前の大岩がその証拠だ。

男はその大岩にゆったりともたれかかり、私をじっと見つめている。

「な!?　なぜ私の転移先にいるの!?」

「ああ、俺は転移魔法が使えるから、魔道具より速く移動できる。それより、だいぶ無理したな。少し眠るといい」

「えっ……!?」

男が私に手をかざすと、甘い匂いがふわりと香る。途端に頭がクラクラとして身体から力が抜けていった。
ここで倒れたら、ダ……メ――
最後に感じた包まれるような温もりに、なぜか懐かしさが込み上げた。
どんなに抗（あらが）っても私の意識は深い闇の中へ落ちていく。
「やっと……捕まえた」
青年が呟いた言葉を薄れゆく意識では拾うことができず、私の記憶はそこで途絶えた。

第二章　死神聖女は逃げ出したい

ああ、なんて心地いいのかしら。

ふかふかのベッドで暖かい毛布に包まれて、幸せすぎるわ。

なにより、こんなにゆっくり眠れるなんて久しぶり……え、待って。

勢いよく起き上がって、ここがどこかの建物の一室であることに気が付いた。着ているものも、いつの間にか白いナイトウエアになっている。想像していたのと違う状況に困惑する。

「私……捕まった……わよね？」

慌ててベッドから降りて扉を開けようとするも、ガチャガチャと音が鳴るだけで開かない。窓があったので身を乗り出して外を見渡したけれど、鬱蒼（うっそう）と生い茂る木々が広がっているだけだった。

街の気配はまったく感じられないし、前方にある木々の間から魔物が飛び立ったのが見えたから、まだ冥府の森の中にいるようだ。窓から見る限りここは三階で、バルコニーもないから降りられない。

冥府の森に存在する建物……そんなの帝国軍が駐在する屋敷しか考えられない。おそらく気を失っている間に帝国軍が管理する屋敷まで運ばれて、牢屋代わりにこの部屋に閉じ込められたのだ。

サーッと血の気が引いていく。

八年にも及ぶ自由がきかない聖女の生活からやっと抜け出して、いざこれからという時に牢屋に入れられてしまうの？

「嘘……これが私の人生なの？」

なにも知らなければ耐えられた。でも私は自由を知ってしまった。わずか一週間だったけれどやっと息ができて、大空を飛ぶ鳥になったみたいだった。

あの解放感を忘れられるわけがない！

「なんとしてでも逃げてやるわ！」

この八年で培（つちか）った、ど根性魂がムクムクと起き上がる。

聖女の訓練は過酷だったから、これくらいのことではへこたれない。私は高速で頭を回転させて、部屋の中を物色しながら逃亡計画を立てた。

針金なんて落ちてないわね……ナイフやフォークなどの金属類もない。

扉を開けられそうなものはなにもなかった。それなら、もう窓しかない。シーツやカーテンを使って、下まで降りられないかしら？

シーツをベッドから剥（は）ぎ取り、カーテンも体重をかけてなんとか取り外して、一本の長い長いロープにする。それをベッドの脚にくくりつけて窓から垂らした。

「少し長さが足りないみたいだけど……まあ、最後は飛び降りればいいわね」

正直怖い。こんなこと、いくら聖女の訓練でもやったことなかった。

でも自由を奪われるのだけは、耐えられない。

覚悟を決めて、シーツを握りしめた。

そっと窓枠に足をのせて身体の向きを変える。シーツをしっかりと掴んだまま、気合を入れて窓の外に出た。

途端にベッドがズルズルと動いて、そのまま私の身体も落ちてゆく。

ぎゃあああああああああああ!!

こっ!! こ、怖いですわ——!! 逃げる前に死ぬわっ!!

心臓がバックンバックンと激しく音を立てているのがわかる。口から心臓が出そうになるとはまさにこのことだ。

それでも叫ばなかったのは及第点だと思う。まだ揺れている身体をなんとかしようと、外壁に足をついた。

はああ、本当に死ぬかと思ったわ!

少しだけ淑女らしくなかったけれど、まあ、誰も見てないからいいわよね。

そう、誰も——

降りようと下を見たところで、バッチリと琥珀色の双眸と視線が合った。

あの帝国軍の男がいやらしい感じでニヤリと笑い、二階の窓から身を乗り出している。その手には、しっかりとシーツが巻き取られていた。

「また逃げられるところだったな」

こうして私の逃亡計画は終わりを迎えたのだった。

「いい加減にしてもらえないかしら？」

「ククッ……いや、もう少し……ブフッ、待ってくれ……ククッ」

目の前の男は先ほどの私の無様な様子に、いまだ腹を抱えて笑っている。

かれこれ十分以上は笑っているのではないかしら？　本当に失礼な男だわ。私なんて、まだ心臓が口から飛び出そうなほどバクバクしているのに！

「それで、私はこれからどうなるの？　どこの牢屋に入れられるの？」

「ははっ……は？　牢屋？」

「貴方はユークリッド帝国軍の人間でしょう？　ここはユークリッド帝国が管理しているのだから、私は不法侵入者として処罰を受けるのではなくて？」

実際にこの森に入ったと思われる者は、誰ひとり帰ってきていない。まともな扱いをされるかどうかもわからない。

だけど最後は本当の私らしく、後悔の念を持つことなく天に還りたい。

「もう覚悟は決めたわ。せめて楽に処刑してちょうだい」

「いや待て、誰がそんな物騒な話をした？」

心底わからないという表情だ。

私の覚悟はできているのだから、隠さなくてもいいのに。

「誰がって……ここは冥府の森よね？」

「そうだ」

「ユークリッド帝国軍が管理しているのよね？」

「ああ」

「それなら私は許可なくこの森で生活していたのだから、不法侵入者よね？」

「いや、そこが違う」

「え？」

なんですって？　なにがどう違うのよ？

青年はようやく笑いがおさまったらしく、いたって真剣に話をしてくれる。その様子に嘘はないようだ。

「ユークリッド帝国が管理はしているが、所有はしていないから不法侵入にはならない」

「……そうなの？　それなら私は侵入者として牢屋に入れられるのではないの？」

「魔石を窃取(せっしゅ)しに来たなら話は別だが、罪を犯していないのに牢屋に入れるわけがないだろう。少なくとも帝国軍が管理している限り、そんな横暴なことはしない」

呆れたように小さなため息をつき、青年は説明をしてくれた。

「なんてことなの！　私はまだ自由なのね!!」

私は嬉しくて、満面の笑みを浮かべる。

青年はなぜかカキンッと固まった後、咳払いして姿勢を正す。そして真正面から私を見すえて続けた。

「自由なのは構わないが、最低限の条件はつけさせてもらう」

「最低限の条件？」

青年はぐっと眉間にシワを寄せて、一切の妥協を許さないというような決意に満ちた表情で条件を挙げていく。

「まず、テントは禁止だ」

「あら。それなら寝袋はいいのかしら？」

青年の眉間のシワが一本増えた。

「もっとダメだ！　次に狩りも禁止だ」

「それなら釣りしかないわね。道具の用意は頼めるかしら？」

青年は眉間のシワをさらに増やして、激しく禁止事項を口にする。

「道具は用意しない！　野草だけで食事を済ますのもダメだ！　結界も張らずにのんびり外でお茶を楽しむのもダメだ！」

「待って、それでは私がここで生きていけないわ！　食べるものは森の中で手に入れないと無理よ！」

あまりの厳しい条件に思わず大きな声を上げてしまう。森で手に入れられないのなら街まで買いに行かなければならないのだが、最寄りの村まで歩いて片道二日はかかる。

念のために持ってきていた転移魔道具は帝国軍の騎士たちから逃れる時も使っていたので、次は魔石を交換しないと利用できない。魔石を交換するにも街にある魔道具専門店まで行く必要がある。

馬車なんてこの辺は通らないし、そこまで歩いていけということなのか。

……それにしても、ここに来てからの暮らしぶりが筒抜けだ。どうやら私の存在はバレていたらしい。必死に逃げ回っていたのに、なんともいえない気持ちになる。

「無理ではない。この屋敷にいればいい」

「……なにを、おっしゃっているのか、よくわからないわ」

この方はなにを血迷ったことを口走っているのかしら？　私はそんなことを望んでいるわけではないわ。ただ自由がほしいだけよ。

「このお屋敷はユークリッド帝国のものではないの？」

「正確には帝国から派遣された管理者と騎士たちが使える屋敷だ」

「それなら尚更ですわ。私はカメロン王国の元浄化の認定聖女で、追放されてこの森に捨てられた者です。ここでお世話になるわけにはいかないわ」

これでわかってくれたかしら？　あまり話したくなかったけれど、納得してもらうためには仕方ないわ。

「……追放の話は知っている。いったいなぜそんなことになったんだ？」

「そうですわね。簡単に申し上げると、新たな想い人ができた元婚約者が、私から認定聖女の地位を剥奪し冤罪を着せてこの森に追放したのです」

自分で説明しておいてなんだけど、相当悲惨な話に聞こえる。ひどすぎて笑えてくるほどだ。

「なるほど……それは後で詳しく聞かせてくれるか？」

え、どうしてこの方が機嫌を悪くするの？　なにか気分を害するような内容だったかしら？

「ええ、それは構わないけれど……私はむしろ自由になれて喜んでおりますの。だからできれば好きにさせてほしいのです」

すると彼はふわりと溶けるように優しい顔になって、琥珀色（こはくいろ）の瞳で私を見つめてくる。この方の反応がいまいち理解できない。

「本当に君は……ならば、管理者としての命令だ。ギルティア・エル・マクスター。君が冥府の森にいる間は、この屋敷に逗留（とうりゅう）せよ」

「いえ、ですから私は自由が……私は、名乗っておりませんわ……そういえば森でも名を呼ばれたような……しかも管理者？　貴方は管理者ですの!?」

「ああ、俺が冥府の森の管理者レクシアス・ハデスだ」

なんてこと！　この方が管理者だったなんて、聞いてなくてよ――!?

＊＊＊

冥府の森の管理者レクシアス・ハデス。俺がそう呼ばれるようになってから、もう三年が経った。

まさかこんな場所でギルティアと会えるなんて想像もしていなかった。

俺の目の前でころころと表情を変える彼女から目が離せない。そんなギルティアを堪能しながら、俺は初めて彼女と会った時のことを思い出していた。

俺がギルティアに出会ったのは十一歳の時だ。

俺は父の仕事に同行してカメロン王国を訪れていた。後学のためにと、毎回必ず兄弟の誰かが連れていかれていた。その時はたまたま俺だったんだ。

父たちが仕事の話をしている間は、俺の遊び相手として仕事相手の娘があてがわれた。それがギルティアだった。

銀糸のような細い髪は光に透けてキラキラしていて、神秘的な紫の瞳は宝石のアメジストみたいだった。まあ、それだけならここまで俺の心に残らなかったと思う。

ある時ふたりで庭園を散歩中に、鳥の雛（ひな）が巣から落ちて怪我をしているのを見つけた。ギルティアはその雛（ひな）を介抱すると言い出して、俺も暇だったから世話を手伝った。でもその甲斐なく、雛（ひな）はわずか三日で儚（はかな）くなってしまった。

ギルティアが泣くと思った。彼女はまだ八歳の子供だし、泣かれたら面倒だなって思っていた。

だけどその八歳の少女は凛（りん）とした佇（たたず）まいで、聖女の特別な魔法を使った。

『黒薔薇の鎮魂歌（レクイエム）』

ギルティアがそう言うと、雛（ひな）の魂は七色の光を放って彼女の前に現れた。黒薔薇の花びらがあたりに舞い散っていて、とても美しかった。心を奪われたのはその時だ。

俺の目にはギルティアしか映らなくなった。

『最後の言葉はある？』

とても不思議な光景だった。俺には魂の言葉は聞き取れなかったけど、七色の光が天に還った後に彼女がこう言ったんだ。

『あの雛が、寂しい時に撫でてくれて嬉しかったと言っていました』

それを聞いて俺は不覚にも泣いてしまった。

夜は俺が雛の世話をしていたんだけど、寂しかったのは俺だったから。

後学のためと言って連れてこられても、いつも放置されていた。自国でも俺は妾の子供だったから待遇はよくなかったし、友達だってひとりもいなかった。母は長い間病に臥せっていて甘えることもできなかった。

そっと触れた雛の温もりは心地よくて、俺の寂しさを埋めてくれた。

そんなみっともなく泣いている俺を、ギルティアは優しく抱きしめた。

俺より小さい女の子なのに、まるで包み込まれたようだった。

俺は完全にギルティアに堕ちた。

それから俺は勉強や剣術、魔法の習得に励んだ。ギルティアに求婚して受け入れてもらえるように、あんな情けない姿は二度と晒さないようにするためだ。そうして五年後に、また俺がカメロン王国に行ける機会が回ってきた。

前に会った時はメロンタルトが好物だと言っていたから、カメロン王国の王都で一番人気のある店も調べておいた。市井を視察するといえば、外出の許可は出るだろう。

やっと再会できると期待していたのに、話し相手として来たのはギルティアの兄だった。さりげなくギルティアのことを聞いたら、浄化の認定聖女に選ばれて第三王子の婚約者になったという。

ショックなんてものじゃなかった。その後なにをどうしていたのか、うろ覚えだ。

あげく、この五年の努力の結果なのか、俺を厄介払いしたくてわざと危険な任務をやらせたいのか、魔物があふれる冥府の森の管理者に任命された。まあ、その時の俺にはどうでもよかったから黙って引き受けた。


俺は冥府の森に引きこもって、砂を噛むような日々を過ごした。

森全体に結界を張り、とりあえず森から魔物たちが出られないようにして、増えすぎた時は間引きした。冥府の森の影響で結界の外でも魔物は大量発生していたけど、他国の領土だし、それくらいは自分たちで処理するべきだろう。

ああ、カメロン王国の方角だけはギルティアがいるから、結界の外も手が回る時は魔物を処理しておいた。磁場の影響なのか、そちらの方向はやたら魔物が多く発生していたからできるだけ気を配っていたんだ。ギルティアがあの国にいない以上、もう必要ないが。

魔物の異質な存在はよく目立つから、結界の中にいる個体ならすべて把握できていた。戦う時以外は、執務室でただ目の前の作業をこなすだけの時間を過ごした。


そんなある日、騎士たちから森に若い女性が迷い込んでいるという報告が上がった。たまに誤って迷い込んだり、なにかの罰でこの森に追放されたりする人間がいるので、今回もそうだと思っていた。いつものように見つけたら帝国へ連れていくか、希望の国へ送り届けるように指示を出して終わるはずだった。

ところがある日、俺の右腕である冥府の騎士団の副団長、エイデンから追加で報告を受けた。

「レクシアス様、先日報告した女性の件ですが、どうやら森で自活しているようです」

「は？　女がひとりでこの森で生活なんて……できるのか？」

冥府の森で自活なんて、聞いたこともない内容に耳を疑った。

「していますね。テントを持ち込んでいるようで、野営の跡もありました。騎士たちが声をかける前に姿を消すので、まだ本人から話を聞けていませんが」

騎士たちの報告をまとめると、テントで寝起きして、結界も張らずに優雅にお茶を楽しみ、魔物を狩ったり野草を摘んだりして過ごしているようだ。にわかには信じがたいが、複数の報告が上がっているから間違いないだろう。

場合によっては強制的に帝国に送り届けることも視野に入れて、あらためて指示を出した。報告書には銀髪の若い女性とある。俺の心から決して消えない愛しい彼女が頭をよぎる。

だけどそんな都合のいい話があるわけがない。

そもそもこんなところに認定聖女であるギルティアがいるわけがないと、くだらない考えを捨てた。

それから数日後、強い魔物の気配を感じ取った。

雰囲気からして大型のグレートマミーだ。タイミングの悪いことに帝国で大きな祭りが開かれていて、家族がいる騎士たちは休暇を取っていた。ほかの騎士たちも巡回や魔物の討伐で手がふさがっていたので、面倒だなと思いながらも俺は単身、討伐に向かった。

——そこで目にしたのはあの日カメロン王国で見た黒薔薇の花びらと、さらに美しく成長したギルティアの姿だった。

あまりに望みすぎて白昼夢でも見ているのかと思った。

ギルティアを見間違うことはないと自信があったが、ここは冥府の森だ。なにが起きてもおかしくない。

慎重になりつつも、心の中は歓喜にあふれていた。そこで騎士たちから上がっていた報告を思い出す。

まさか、冥府の森で自活していた女性が本当にギルティアだったのか？

「あの……？」

少し高めの透き通るような声が、俺の鼓膜を震わせる。子供の頃とは違うけど、ずっと聴いていたいほど心地いい。

俺が余韻に浸っていると、ギルティアは急に顔を引きつらせてウエストポーチを漁り始めた。

「おい！　待っ——」

そして、あっという間に姿を消してしまった。

あまりにも突然で、あまりにも一瞬で。

夢か現実か自信がなかったけれど、グレートマミーの魂は確かに天上に還っているし、黒い薔薇の花びらも残っていた。

ギルティアがいる。

俺の手の届く場所にいる。

それが夢ではないと確信したくて、魔道具の痕跡を頼りにギルティアの後を追った。幸いにも魔道具での転移は魔石の魔力を変換するため、わずかにタイムラグが生じる。

俺は転移魔法で先回りして、疲れた様子のギルティアに眠りを誘う香を使った。多少は卑怯なやり方だったかもしれないが仕方ない。愛しい人の健康には代え難いのだ。

「やっと……捕まえた」

もう決して離さないと誓いながら、俺は腕の中で眠るギルティアを屋敷に連れ帰った。


屋敷に戻るや否や部下に指示を出して、カメロン王国でなにがあったのか調べた。

結果、カメロン王国の第三王子は万死に値するという結論に至った。

俺がどんなに望んでも手に入れられなかったギルティアを、やすやすと手に入れておいて婚約破棄だと？　しかも大勢が集まる夜会でだと？　ああ、そうだ。脳みそが足りてない相手の女も万死に値するな。

改めて確認してみると、カメロン王国の国王から、ギルティア捜索のために冥府の森に入りたいと申請が届いていた。もちろん即却下しておいた。自分から手放しておいて捜索する意味がわからない。

今はギルティアの回復が最優先だ。それに、こんな素晴らしい女性を捨てるような王国のヤツらに渡せるわけがない。

なにより俺がもう手放したくない。ギルティアを俺のものにすると決めたんだ。

だけどなぜ彼女は俺から逃げ出したんだ？

やはり子供の頃にたった一度会ったくらいでは覚えてないか……いや、いいんだ。俺がギルティアのことを覚えていれば問題ない。

彼女を屋敷の一番いい部屋に運び、最高の寝具でゆっくりと眠らせる。そろそろ目覚める頃かとソワソワしていたら、突然、真上にある彼女の部屋からガタンッというものすごい音が聞こえてきた。慌てて窓から見上げたら、彼女がシーツに掴まってぶら下がっていた。

驚いたのと、笑いたいのと、目のやり場に困るのと、いろんな感情がごちゃ混ぜになったけれど、とりあえず逃走は阻止できたようでホッとした。

ギルティアが俺を見つけた時の絶望的な顔が、たまらなく愛しいと思った。

そうだ、そうやってあきらめて、俺に堕ちてきて。

またあのアメジストみたいな瞳で俺を見つめて。

美しいその声で俺の名前を呼んで。

ギルティア・エル・マクスター。君をもう逃すつもりはないのだから。

＊＊＊

「で、ギルティアはなんと言ったんだ？」

「……黒いドレスを着ているのは死者の魂を弔うためですわ。ニコリともしないのは申し訳ないことでしたが、殿下のお話には笑顔になる要素がございませんでしたので、と」

私は今、尋問を受けている。しかも帝国軍の管理者直々にだ。

なぜだかわからないけど、婚約破棄の時の話を根掘り葉掘り聞かれていた。

「そうか、さすがギルティアだ。ククッ、容赦ないな」

「こんなことを聞いてどうされるのですか？」

ハデス様は姿勢を崩して挑戦的な視線を向けてくる。頬杖をついていても美青年なのは変わらないのね……と考えてしまう自分が情けない。

いけないわ、見目のいい男に騙されないようにしなくては。ブランド殿下の件で、学習したはずよ。しかもブランド殿下より素敵なんですもの、用心しすぎても足りないくらいだわ。

「ギルティアはどうしたいんだ？」

「質問しているのは私ですわ。それから私のやりたいことは決まっています」

「なんだ？　言ってみろ」

「とにかく自由になりたいのです。誰からも強制されず、ただ、自分の心のままに生きていきたいのです」

彼はその言葉に腕を組む。さっきまでの楽しそうな気配はなりをひそめて、なにかを真剣に考えているようだ。

もし本当に侵入者として処罰しないのなら、ある程度自由にさせてくれてもいいと思うのだけれど。

「そうだな、善処しよう」


ハデス様の言質を取ってから一週間が過ぎた。

『善処しよう』

そう言ったわよね？　ハデス様はそう言ったわよね!?　それなのに、いまだに部屋から出してもらえないのだけど、どういうことかしら!?

「しかもここに来てからハデス様にしか会ってないし……待って、やっぱり私を牢屋に入れるつもりかもしれないわ」

この屋敷に来てから、ハデス様以外の人間に会っていない。彼が食事を運んできてくれて、部屋の掃除も魔道具ひとつで済ませてくれる。

身の回りのことは訓練の一環でできるようになっていたので、私は問題なかったけれど、もしひとりでは着替えもできない深窓の令嬢だったら大変なことになっていた。

「人の気配は感じるけど……私と会わせたくないのかしら？」

「なんだ？　会いたいヤツでもいるのか？」

ヒュッと喉が絞まるような圧迫感を感じて振り返ると、ハデス様が突き刺さりそうな冷気をまとい扉にもたれて立っていた。いつもはちゃんとノックしてくれるのに、今回はいきなり扉を開けたようだ。

文句のひとつも言いたいが、全面的に世話をされている立場だ。出かけていた言葉を呑み込み、代わりに嫌味をこめて問いかけに答えた。

「違いますわ。ここに来てからハデス様以外、どなたともお会いしないので不自然に感じたのです」

私を人前に出せない理由でもあるのかと、暗に尋ねる。

だってハデス様がしているのは、本来なら侍女やメイドがやる仕事だもの。

「そうか……この部屋には近づくなと命じてあるからな。心配しなくていい」

えーと、そんな命令が出されていたの？　いったいなぜ……？　三食昼寝つきで、十分すぎるほど贅沢な毎日を過ごさせてもらっているけれど、納得できないわ。

「ハデス様、私は他の方と交流を持ってはいけないのですか？」

そうよ、この状態は軟禁しているということではないのかしら？　私がまた逃げ出さないように、外部との接触を絶っているのではなくて？

「交流など必要ない。俺がすべて対応する。不満か？」

ハデス様はすこぶる機嫌が悪くなって、眉間にシワを寄せている。

ハデス様以外に誰にも会わないよう部屋に閉じ込められているなんて、環境だけは素晴らしい牢獄じゃない。やっぱりここから逃げ出さないと、私に自由はないようだわ。

「いいえ、不満はございません。わかりました。大人しくしておりますわ」

と言いつつ、私は必ずここから逃げ出すと心に誓う。私がほしいのは自由なのだ。

「そうしてくれると安心だ。そうだ、ギルティアが好きなメロンタルトを用意したんだ。食べるだろう？」

「メロンタルトですの⁉　ええ！　もちろんいただきますわ！」

そうね、逃げ出すのはこのメロンタルトをしっかりと堪能してからでも遅くないわ。私の大好物を用意してくれるなんて、なかなかやり手のようね。

「変わってなくてよかった」

「え？　今なにかおっしゃいまして？」

「いや、ほら一緒に食べよう」

メロンタルトのあまりの美味しさに、この日はうっかり幸せな気持ちで過ごしてしまい、逃亡計画は立てられなかった。


翌日は綺麗にラッピングされた包みを渡された。

「これはなんですの？」

「開けてみたらわかる」

そっとリボンを解いて包みを開けると、フワリと優しく甘い香りが鼻をくすぐった。

「これは……名店フラワーガデスの石鹸ですわね？　しかもいつも使っている私が好きな香りですわ！」

「前に頼んでいたものがやっと届いたんだ。こんな場所だから時間がかかってしまった。すまない」

「まあ、わざわざ取り寄せてくださいましたの？　ハデス様、ありがとうございます！」

せっかくだから今日はこの石鹸を使って、ゆっくりバスタイムを楽しみましょう。逃亡計画は明日考えますわ。


さらに翌日は、美しく洗練された黒いドレスをプレゼントされた。

「このデザインは帝国のものだが……どうだ？」

「まあ！　帝国のデザインはずっと憧れていましたの！　そうです、この肘から先にフレア状のレースが飾られているのが、かわいらしくてたまりません！　胸もとの金糸の薔薇の刺繍も本当に美しいですわ！　ハデス様、とっても素敵です！」

「明日は……その、俺が贈ったドレスを着てもらえないか？」

「ええ！　もちろんですわ！　ああ、明日が楽しみです！」

明日はこの素敵なドレスを着ると約束してしまったから、逃亡計画を立てるのはまた今度にしましょう。

翌日は朝から張り切ってドレスに着替えた。こんな風に誰かに見せるために着飾るのなんて、中央教会ではなかったことだから心が弾んでいる。いつもは下ろしているだけの髪もハーフアップにした。

「ハデス様、早速いただいたドレスを着てみたのですが……いかがでしょう？」

「ああ、よく似合っている」

そう言って、ハデス様がとろけるような笑みを浮かべる。いつもはわりと硬めの表情が柔らかく崩れて、破壊力が半端ない。

ちょっとこの笑顔は反則ではないかしら……!?　うっかり勘違いしそうになってしまうじゃない！　ダ、ダメだわ、いい加減流されすぎよね。毎日毎日私の心をグッと掴む贈り物をもらっても、自由がないのは変わりないわ！

私が一番ほしいのは自由なのよ!!

ブランド殿下からはプレゼントなんて贈られたことがなかったから、浮かれすぎてしまったのね。いつの間にかこの屋敷に来てから二週間も経っているわ。気を引きしめて今夜にでも逃亡計画を立てるのよ！

ハデス様が運んできた夕食をきれいに平らげた後は、ゆっくりと湯船につかってリラックスした。逃亡したら次にくつろげるのは、いつになるかわからない。

バスタイムをしっかりと堪能してベッドの上で計画を立て始める。そこで私は気付いてしまった。

あのドレス、サイズがピッタリだったけど、いつ私のサイズを測ったのかしら？

「そういえば、私はいつの間にかナイトウエアに着替えさせられていたわね。……まさか、あれはハデス様が？　え？　嘘、もしそうだとしたら、恥ずかしすぎてハデス様のお顔を見られないわ!!」

夫以外の異性に肌を晒すなんて、破廉恥だと教育を受けてきた。魔物と戦っていたから、手足を晒すくらいなら気にもならないが、着替えは違う。いくらなんでも、そこまで羞恥心を捨てていない。

「そうだわ、明日の朝一で逃げましょう。絶対に、顔を合わせる前に逃げましょう」

気を取り直して、現状把握から始めた。

扉の鍵は相変わらず掛かっている。前回逃亡に失敗したせいで結界が張られてしまって、窓からの脱出は不可能だ。そこで私はクローゼットにしまわれていたマジックポーチを漁った。

この森に入ってから、街で売ろうと薬草を見つけるたびに採取していたのだ。薬草の種類や組み合わせによっては、人を眠らせる効果を発揮する。さらに野営のために持ってきていた、薬草を粉にする魔道具を取り出した。

「これを使おうかしら。チャンスは一度……失敗は許されないわ」

手持ちの薬草で最大限の催眠効果を発揮する粉を作る。

石鹸の入っていた包装紙を折って小さな箱型にし、こぼれないように薬草の粉をすべて入れた。

枕に使われていた糸を解いて、粘性のある薬草を団子状にして糊がわりにする。扉を開けたら頭から粉が落ちてくるように箱型の包装紙を取りつけた。

「ふふふ……完璧だわ！　明日の朝が楽しみね」

私は踊りまくる胸をなんとか抑えて、ふかふかのベッドに潜り込んだ。


――コンコンコンコン。

「ギルティア、起きているか？」

翌朝、いつものようにハデス様がやってきた。

「ええ、どうぞ。準備はできておりますわ」

ついにハデス様が来たわ。朝食を運んできてくださったのね。

あら、でもいつもより早い気がするわね？　まあ、いいわ。粉を吸い込まないように、距離を取らないと。

私は鼻と口を覆うようにハンカチを押し当てた。

ガチャリと鍵が開錠されて、ゆっくりと扉が開かれていく。隙間が大きくなるにつれ、糸が引っ張られ――箱型の包装紙がひっくり返った。

サラサラとした緑色の粉が、扉から入ってきたハデス様の頭に降り注ぐ。驚くような表情は一瞬で、ハデス様はそのままバタリと倒れ込んで静かに寝息をたて始めた。

「完璧に決まったわね……！」

達成感に包まれながら、倒れ込んだハデス様を部屋の中に引きずり込もうと床に膝をついたところで、もうひとり倒れているのに気が付いた。

「え……？　どなたかしら？　若い女性ね。この服装だとメイドかしら」

仕方ないので、ふたりとも部屋の中に入れて頭の下にクッションを置く。今回調合した薬はなかなか強力なので、おそらく四時間くらいは起きないだろう。

「本当にごめんなさい。でも、私はどうしても自由になりたいの」

ハデス様の穏やかな寝顔にちくりと胸が痛む。

朝一番で書いた感謝と謝罪の手紙を置いて、私はついに部屋の外へと脱出したのだった。


久しぶりの森は本当に空気がおいしい。胸いっぱいに吸い込んで、ゆっくりと深呼吸した。

屋敷にはほとんど人の気配がなく、誰にも会うことなく外に出られた。

現在地がわからないのが不安だけど、太陽の向きと大体の時間でざっくりと方向を決めて歩き出す。

目指すのは冥府の森の南側に隣接している国だ。あの国は海に面しているから、船に乗って別の大陸まで渡ればさすがに追いかけてこないだろう。

「問題はどれくらいで森を抜けられるかだわ。なるべく最短距離で行きたいわね」

眠っている間にあの屋敷に連れていかれたから、距離感がまったくわからない。幸い聖女仕様の編み上げブーツを履いているから、歩くのに支障はなかった。聖女の制服でもあった膝丈の黒いワンピースの裾を揺らしてサクサクと進んでいく。

道なき道を進む途中、不穏な気配に囲まれていることに気付いた。木の陰から私の様子をうかがっている魔物がいる。一匹や二匹じゃない。十四以上はいるようだ。

「さすが冥府の森ね。魔物の発生頻度が高いわ」

つい三十分前にも倒したばかりだった。中央教会に入ってから、ほかのふたりの認定聖女たちと一緒に戦ってきた日々を思い出す。

『グルルルル』

『ガオォォォォ』

『グルル！　ガウッ！』

「黒薔薇の鎮魂歌（レクイエム）」

私は湧き上がる魔力を放って、アンデッドモンスターと化した魂たちを天上へと導いた。七色の魂たちの最後の言葉を聞いて送り出す。

「貴方たちの想いを私は忘れないから」

どうか安らかに、穏やかに還（かえ）っていけますように。

そんな願いを込めると、黒薔薇の花びらが散り始める。見慣れた光景に安堵して、再び歩を進めた。

「この調子だと、下手したら追いつかれてしまうかもしれないわ。急がないと」

それからどのくらい森の中を歩いただろう。

途中で出会うアンデッドモンスターをすべて浄化しながらひたすら突き進んだ。

「はぁ……はぁ……さすがに、冥府の森ね。モンスター遭遇率がおかしいわ」

もう何体浄化したのかわからない。この三時間で三桁を超えているのではないだろうか。大型のアンデッドモンスターもいたし、小型のアンデッドモンスターは数で攻めてくる。

かといってアンデッドモンスターになって彷徨う魂を放ってはおけない。魔物はたとえ倒しても魂が穢れたままだと延々とこの世に留まり続け、聖女が魂を浄化するまで何度でも復活してしまう。そんな悲しい魂を天上に還すのが私たちだ。

私が初めて魂を天上に還したのは、母が亡くなった時だ。

ずっと病で臥せっていた母は眠るように息を引き取った。まだ五歳だった私は、父と兄に寄り添われながら母の亡骸に縋って泣いた。

そんな時、母の身体が淡く光って七色の塊が身体から抜け出した。

最初はそれがなにかわからなくて、でも母の温かい笑顔と同じものを感じた。だから悲しかったけど、寂しくはなかった。父も兄もそんな私の話を否定せずに聞いてくれていたから、これが特別なことだと気が付かなかった。

そのうちに七色の塊は心が形になったもの、つまり魂なのだと理解した。だから最初に見た時に温かさを感じたのだ。でも二カ月ほど過ぎたところで母の魂はどんどん七色の輝きを失い、黒い塊になっていった。

魔力を取り込んで魔物になろうとしていたのだ。次第に母の温かさを感じなくなり、それがよくないことだと私は理解した。

だから私は切に願った。

『お母さま、私はもう大丈夫だよ。ずっとそばにいてくれたから寂しくなかったよ。ずっとずっと忘れないから。お母さま、大好き。ずっと大好き』

どうか七色の光を取り戻して――黒薔薇の鎮魂歌（レクイエム）！

母の魂は七色の輝きを取り戻し、最後の言葉を私に残した。

『……忘れないで。天上に還（かえ）っても、ずっと貴方たちを見守っているわ。ギルティア、大好きよ』

そう言ってふわりと空へ昇っていく。天に還（かえ）る母の魂は美しかった。

その時、私はやっと母の死を受け入れることができた。

聖女は血統により受け継がれていく。太古の昔に世界を救った女神カエルムの血が流れる乙女が、純粋で強い想いを抱いた時に能力が開花するのだ。力が発現する時に浮かんだ言葉が、その聖女だけの特別な魔法になる。

私はただ母に悪いものになってほしくなかった。もとの優しくて温かい光に戻ってほしかった。

それだけだった。

やがてその力は父と兄の知るところとなり、中央教会に所属することになった。そこから私の自由のない生活が始まった。

いつも心にあるのは、ただ安らかに魂が七色の光を取り戻せますように。それだけだ。

そして母の最後の言葉を聞いて救われた私のように、誰かの心の救いになることを願って死者の言葉を届ける。

何百、何千の魂を浄化しても、それを伝えるまで最後の言葉を忘れることはない。

それすらも聖女の力の一部なのだと理解している。

「どんなに時間が経っても、必ず届けるわ」

だから安らかに天へお還り。

貴方の想いは私が叶えるから。そして大切な人をそっと見守っていて。

七色に輝く魂こそが、貴方の本当の姿。

『解放してくれてありがとう……このまま、まっすぐ進みなさい。アナタのしあわせが待っている』

何体目の浄化だったかわからないけど、その魂は私に向けて最後の言葉をくれた。ごく稀にこんなことがある。なにより嬉しかったのは、最後の言葉は常に真実だということだ。

「やっと……やっと自由になれるのね！」

この先に私のしあわせが待っている、そう思うとワクワクしてたまらず駆け出した。さっきまで重かった身体が嘘みたいに軽い。

だっていつも真実しか言わない魂の言葉が示してくれたのだもの！

のんびり進んでなんていられないわ、もう囚われるのはごめんなのよ!!

私は自由に向かって、森の中を駆け抜けた。

＊＊＊

「レクシアス様っ！　レクシアス様!!」

耳もとでよく知る側近の声が聞こえる。なにやら焦っている様子だ。浮上してきた意識は、だんだんと現実をとらえ始めた。

どうした？　なにがあった？　この焦り方は尋常じゃない……

いや待て。確か俺はギルティアの部屋の扉を開けたところで強烈な眠気に襲われたんだ。上からなにか粉のようなものが降ってきて、意識を保っていられなかった。

まさか、ギルティアになにかあったのか――!?

バチッと目を開き起き上がると、俺の右腕であるエイデンがホッとした顔で立ち上がった。

「ギルティアになにかあったのか!?」

「……ギルティア様は逃亡されました」

「は……？　逃げ、た？　なんで？」

エイデンは長く深いため息をついて、一気にまくしたてた。

「当然じゃないですか！　俺は言いましたよね？　こんな風に監禁していたら逃げ出したくなるって！　いくら毎日ギルティア様好みのプレゼントを渡したって、二週間もレクシアス様以外は接触を禁止されたうえに部屋に閉じ込められていたんですよ!?」

「うぐっ……しかし、誤解は解いたはずなんだが……」

「行動が伴ってないんですよ!!」

そんな馬鹿な。

あれだけ大切にして愛情も示したのに伝わっていないのか……!?

俺だけが世話していたのは、あんなに愛らしく美しいギルティアを他の男の目に触れさせたくなかったからなんだが……監禁だと？

「監禁などしてないだろう。森で保護した時だって、転移魔法で有無を言わさず連れてくるのを我慢したんだぞ」

「いや、レクシアス様は結界を張って、部屋から出られないようにしていましたよね？　ていうか、転移魔法で無理やり連れてきたら拉致ですから！　それに眠らせて連れてきたのだってほぼ真っ黒なグレーですからね!?」

結界なら心当たりがある。窓からの脱出を防ぐために結界を張ったのだ。もし脱出の途中で落ちたら大怪我するじゃないか。

それに万が一この部屋に不埒な奴が近づいても、結界があれば安心だろう。まあ、そんな奴がいたら俺が切り刻んでやるが。

「だが、俺の贈ったドレスも喜んで着ていたんだぞ？」

「そのドレスならここに置いていかれました。だいたいレクシアス様の髪と瞳の色で作られた執着心丸出しのドレスですよ。持っていくのが恐ろしかったんじゃないですか？　サイズがドンピシャなのも気持ち悪いですよね」

最後の一言に、かなり心を抉られた。

そうだ、俺の黒髪と琥珀の瞳の色で作らせたドレスだ。だが実によく似合っていたし、本当に嬉しそうだったんだ。

「サイズがピッタリなのは、その、あれだ。前に目隠しをしてナイトウエアに着替えさせた時の感覚でわかったからだ。……それが気持ち悪いのか？」

「他のことは完璧すぎるほどこなせるのに、どうしてギルティア様に対してはその有能っぷりが斜め上にいくんですか⁉」

ダメだ……ギルティアが絡むと、なにが正しいのかわからない……‼

「うっ……はっ、あれ⁉」

ここで今日ギルティアに紹介しようとしていたもうひとりの部下、アリアが目を覚ました。なにが起こったのかわからない様子で、勢いよく起き上がる。

「え⁉　なんで私、寝ているんですか⁉　ギルティア様は⁉」

「……逃げた」

「はあ⁉　逃げたって……本当ですか？」

俺がいたたまれなくなってふいっと視線を逸らすと、アリアは盛大に笑い転げた。

「ブハッ！　に、逃げられたんですか⁉　あれだけ大事にして甲斐甲斐しくお世話していたのに⁉　ユークリッド帝国、最強の騎士で皇帝陛下すら返り討ちにするレクシアス様が‼　アハハハハ‼」

「くそっ！　今すぐ追いかける！　エイデンは屋敷の半径二キロ以内の魔物を討伐、アリアはこの部屋を整えろ。……三十分で戻る」

堅苦しいのが嫌でフランクに接しすぎたせいか、部下たちは俺にも遠慮なく怒ったり笑ったりする。みんな実力は申し分なく、ちゃんと俺の命令も聞くし公の場では立場をわきまえているから問題はなかった。

妾の子だと蔑まれている俺を、偏見なく受け入れてくれる部下たちが必要だったし、大切にしてきた。

だが、さすがに笑いすぎじゃないか？

「御意」

ふたりが返事をする。

ギルティアがどこにいるのかは、魔物の気配を探るとすぐにわかった。

冥府の森の魔物たちが、ある一定の方向だけ綺麗さっぱり浄化されている。こっちに進みましたと言わんばかりのありさまに、笑みがこぼれた。

「そうか南の国に抜けるつもりか。俺と一緒ならいつでも連れていってやるんだが、今日はおあずけだ」

パチンと指を鳴らして転移魔法を発動する。一瞬で周りの景色が変わった。

結界の手前に立って、ギルティアがやってくるのを待つ。

空を見上げると、魂が七色に輝いて天上へと昇っていくところだった。だんだんと近づいてくる神秘的な光景に、俺は期待をふくらませる。

今度はどんな顔で俺を見つめてくれるのか。

俺のことで心をかき乱されるギルティアが、愛しくてたまらない。もっと心を揺さぶって、俺のことしか考えられないようにしたい。

ギルティア、俺はここにいる。早く見つけて。

そうしてやってきた俺の愛しい人は、息を弾ませ希望に満ちた表情をしていた。ここから逃げられると信じて疑わない紫の瞳と視線が絡まり、俺は嬉しさを隠しきれず口角を上げる。

「どこに行くつもりだ？　ギルティア」

俺を見つけたギルティアはその形のいい眉を歪ませて、「終わった」みたいな顔をしている。

そんな彼女を優しく抱きしめて、俺は転移魔法で屋敷に戻った。


屋敷に戻ると、俺の腕の中にいるギルティアがふるふると震えていた。浮かれすぎてギルティアの不調に気が付かなかったのかと慌てていたら、透き通ったアメジストの瞳が俺をきつく睨(にら)んできた。

「自由が！　自由がないわ!!　私の自由が――!!　こんなに自由がないなら死んだも同然です!!」

うっすらと涙を浮かべて、訴えかけてくる。そんな表情もかわいらしくて仕方ない。ああ、こんなに激しく感情をぶつけてくるギルティアが見られて、なんて幸せなのか。

そんなギルティアをつれて部屋に戻ると、側近であるエイデンが冷ややかな視線を投げかけてきた。猛抗議しているギルティアに同情しているのだろう。

隣に控えていたアリアは、平然と構えているように見えて口の端が不自然に震えている。笑いたくて仕方ないらしい。

「わかった、もう少し自由を認めよう。だが条件がある」

かわいいギルティアを堪能したので、そろそろ本題に入ろう。嫌われてしまっては本末転倒だ。……たぶん、まだ嫌われていないはずだ。

「なんですの？」

「俺を……な、名前で呼んでくれないか」

勇気を振り絞って頼んだ。後ろからアリアが「ブハッ」と噴き出したのが聞こえたが、今は無視しておく。

「まあ、そんなことでよろしいの？　レクシアス様」

ギルティアは俺の緊張をあっさりと飛びこえて、サラッと名前を呼んでくれた。

たった一度名乗っただけなのに覚えていてくれたのか！　ヤバい……う、嬉しすぎる!!　子供の時だって『ハデス様』としか呼ばれなかったのに!!

高望みしすぎかもしれないが……愛称で呼んではくれないだろうか？

「レクス……レクスと呼んでほしい」

おそるおそる頼んでみた。エイデンとアリアはそれを聞いて固まっている。ユークリッド帝国でファーストネームの愛称呼びは特別な意味を持つからだ。

そう、これは生涯の伴侶にのみ許された呼び方だ。

顔から火が出るんじゃないかと思うぐらい熱い。耳まで熱を持っているのがわかる。でもギルティアの可憐な声で、俺の愛称を呼んでほしい。

「かしこまりましたわ、レクス様！」

花が咲くように笑って俺の愛称を呼ぶギルティアに、見事に撃沈した。

わかっている、ギルティアはカメロン王国の人間だ。きっと俺がそう頼んだ意味も理解していない。

それでもめちゃくちゃ嬉しい。

抱きしめたくなるのを必死に堪え、余裕があるふりをして口を開いた。

「よし、それでは本日よりこの屋敷の敷地内なら自由にしていい。ここなら安全だからな。屋敷の中も好きにしていい。どの部屋も出入り自由だ。先ぶれもいらない」

「本当ですの⁉　敷地内なら外に出てもよろしいのですか⁉」

本当なら冥府の森も自由にさせたいが、まだ準備が整っていない。

こちらも急ごう。こんな風に喜ぶギルティアがもっと見たい。

「ああ、その、名前を呼んでくれたからな。早速だが庭園でも見てみるか？」

「庭園もありますの？　ぜひ拝見したいですわ！」

「では、四阿(あずまや)で軽く食事をとろう。腹が減っているんじゃないか？」

ギルティアは桜色に頬を染めて、消え入りそうな声で「はい」と答えた。

これが失策だったと気付いたのは、すべての準備が整ってからだった。

美味しそうに食事を頬張るギルティアが愛くるしくて、俺の欲望が大暴走してしまいそうになった。

かわいい。愛しい。どれだけ見ていても飽きない。撫でまわしたい。膝の上に乗せてデロデロに甘やかしたい。その唇を俺だけのものにしたい。そんな言葉が俺の頭の中を駆け巡っている。

小動物みたいに食事をするギルティアを眺めながら、俺はあさましい衝動を抑えるため、血がにじむほど拳を強く握った。

＊　＊　＊

死神聖女と呼ばれていた婚約者を排除して、やっと第三王子である私――ブランド・アルス・カメロンにふさわしい公爵令嬢のミッシェルを迎え入れることができた。

そんな喜ばしい夜になるはずが、父上の怒声で一転した。

「なにをやったか、わかっておるのか⁉　ブランド‼」

ビリビリと空気を震わせるほどの大声と、国王の本気の覇気に私は息さえできなかった。

第二王子である兄上の誕生祝賀会で、計画どおりにギルティアを追放できたのは、ミッシェルの父であるゼノビス公爵のアドバイスのおかげだった。

祝賀会にギルティアが参加していないのも、ゼノビス公爵がうまい理由をつけて事前に父上たちに伝えてくれていた。だから国王への挨拶の際にミッシェルを連れていてもなにも言われなかった。

父上たちは場の空気に違和感を覚えた様子だったがその場ではなにも言わず、ひととおりの義務を果たし王族の控え室に戻った。

そして私がミッシェルを連れて控え室に入り今回のことを報告した途端、厳しい追及がはじまったのだ。

ギルティアの悪事もすべて話したのに、なぜか父上は怒り狂っている。

「なにをと言われましても、私は自分の正義に従ってギルティアを断罪したのです！」

いつも私をかわいがり怒ることなどなかった父上が、こんなに声を荒らげているのに驚いた。なにかあったらすぐに庇ってくれる母上も、顔を青くして震えているだけだ。

「お前はっ……！　お前の正義などどうでもよいのだ!!　ギルティアがおらずに、どうやって魔物を浄化するつもりなのだ!!」

「それならミッシェルがいます！　ギルティアの悪意に負けず、懸命に浄化の聖女としてやってきたのです！　彼女なら問題ありません!!」

「はぁあ……そこの女がギルティアの代わりになるわけないであろう！　あれは歴代でも随一の大聖女だぞ!!」

なにを言っているのだ？　それこそおかしな話ではないか。あんな辛気臭い女が、百年にひとり現れるかどうかの大聖女なわけがない。父上は現実が見えてないのか？

ミッシェルは父上の覇気に当てられて、血の気の失せた顔色をしている。

「そんなわけありません。あんな辛気臭くて、ニコリともしない死神聖女が大聖女だなんて……

ミッシェルにだって十分聖女の力はあります！」

そこで口を挟んできたのはふたりの兄上たちだ。第一王子で王太子のランベルトと第二王子のテオフィルはそろって私に苦言を呈する。

「ブランド……お前、本当にわかってないのか？」

「そうだ。ギルティア嬢が浄化の聖女になってから、魔物の被害も格段に減っていたではないか」

「それは義姉上たちの、破魔と守護の聖女のおかげでしょう！」

なぜ理解してもらえないのだ。

私がどんなに反論しても、兄上や父上はまったく聞く耳を持ってくれなかった。むしろ憐れんだ目で私を見てくる。

「ゼノビスも今回の件に手を貸したのか……」

「いえ、ゼノビス公爵には私が命じたのです。娘を助けたいと思う親心につけ込んで、兄上の祝賀会が無事に終わるよう協力しろと迫ったのは私です！」

このままでは私を助けてくれたゼノビス公爵にまで累が及んでしまう。なんとか公爵には非がないと父上に理解してもらいたかった。

「もうよい！　ブランドは黙っておれ！　まずはギルティアの捜索じゃ！　今すぐ連れ戻すのだ!!」

父上の命令でギルティアを捜し出すため、連れ出した騎士たちの聞き取りから始めることになった。

国王の執務室に場所を移して、まずはギルティアを冥府の森まで送ったという騎士たちを呼び出した。気は進まなかったが、父に命じられたので私も同席している。

「確かにギルティア様を馬車に乗せて、王都を出てから魔道具を使って転移し、冥府の森の前まで送り届けました」

ピリピリとした空気をまとう国王の問いに、騎士たちが明瞭に答えた。第三王子の命令を忠実にこなした優秀な者たちだ。すでに夜半にもかかわらず精悍（せいかん）な顔にはなんのかげりもない。父上の呼び出しにも迅速に対応していた。

「途中で冥府の森で生活を送る準備のため中央教会に立ち寄りましたが、その際は付き添いを他の聖女様にお願いしました。ギルティア様がなにか不正を働いた形跡はございません」

余計なことを……！　万が一にもこの国に帰れないように冥府の森に追放したのに、準備などさせたら意味がなくなるではないか！　侵入者として帝国軍に捕まればいいのだが、これではミッシェルが安心できないな……なにか手を打たなければ。

「そうであったか……それでは送り届けたのは間違いないのだな。森で生き抜くための道具も持っていったのならば、まだ可能性はある」

「父上、ですが冥府の森に許可なく立ち入れば帝国軍に捕らえられますし、そうでなくても今頃は魔物の餌食になっているのではないでしょうか？」

「なにを申すか！　ギルティアであれば、その辺の魔物など敵ではないであろう！　だが、帝国軍の介入は厄介だな。よし、私から森の管理者に親書を送ろう」

くっ、しまった！　父上にあきらめてもらおうと進言したのに逆効果だったか……駄目だ、まったく話にならない。

そんな父上に命じられて、私は一週間ほど冥府の森の周辺で数名の騎士とともにギルティアを捜すことになった。

国境付近なので、戦争をする気もないのに大軍を配置しては大問題になる。複数の小隊で捜索したがギルティアは見つからず、森への立ち入り許可も下りなかった。本気でギルティアを捜す気もなかったので、ほどほどで引き上げることにした。


それからも父上は冥府の森の管理者と親書でやり取りしているが、よい返事は来ていない。許可が下りたらすぐに冥府の森へ入れと命じられてはいるが、まったく許可が下りなかった。

ギルティアの父であるマクスター伯爵を帝国に送り、実の娘の捜索のためだと直々に訴えさせても、結局立ち入りは許されなかった。しかもギルティアを追放してから一カ月後には森の管理者が自ら捜索すると返答が来て、打つ手がなくなったと父上が肩を落としていた。

ここまでギルティアに固執する父上が理解できない。母上からも説得してもらおうと朝一番で執務室を訪れた。

「母上！　もう母上しか頼れる方はおりません！」

「ブランド……いったい何事ですか？　陛下のもとでギルティアの捜索に当たっていたのではない

の？」

「今は王城にて待機するよう命令されています。それよりも、ギルティアにこだわる父上が理解できません！　あの程度の女がやっていたことです。ミッシェルでも問題なく聖女の義務は果たせると、母上ならわかってくださいますよね⁉」

先代たちの聖女の中で一番能力のあった母上なら、父上のあがきの無意味さがわかるはずだ。きっとミッシェルでも問題ないと進言してもらえるだろう。

母上は深いため息をひとつこぼして、私をソファへと促す。そして私の隣にそっと腰かけて言った。

「ブランド……貴方がこうなってしまったのは、親である私たちのせいね。上のふたりがまっすぐに育ったから、問題ないだろうと甘やかしてしまったのよ。ごめんなさい」

「な……なんのことですか？　母上……？」

なんだ？　なぜ私は母上に謝罪されているのだ？

「ブランド、よく聞いて。ギルティアは建国以来、随一の浄化の力を持つ大聖女よ。全盛期の私でさえ足下にも及ばないわ」

「なっ……なにをおっしゃっているのですか？」

「そもそも浄化の聖女はいくら低レベルの魔物といえども、その魔法だけで魔物を倒すことはできないの。だからこそ攻撃に特化した破魔の聖女がいるのだもの。ギルティアのように魔物の姿のまま浄化できることが規格外なのよ」

そんなことは初めて聞いた。

ギルティアが魂だけでなく、魔物の姿のままでも浄化できるだって⁉ そんなこと、できるわけがないだろう⁉

「ここ三年は特に魔物の数が増えていて、私たちの時代の倍近くになっていたわ。それでも、後方まで進入する魔物はずいぶんと減っていたの」

「あ、あれで少ないのですか……？」

私は先週に出陣した魔物の討伐戦を思い出していた。あの時もミッシェルと一緒に後方で戦っていたのだ。王族の私たちは聖女の血が濃いから、生まれつき魔物に対抗する力がある。

だから魔物の討伐には王子といえども強制参加だった。ギルティアが戦う最前線は危険すぎると騎士団長の許可が下りなかったが、それは私が第三王子だから配慮されているのだろう。

ともかく押し寄せる数十体の魔物を倒し、なんとか乗り越えてきたのだ。

「ですが……私は、ギルティアの戦う姿を見たことは……ありません……」

「見ていないからなんだというの？」

母上の声色が変わった。

今までに聞いたことのない、低く冷たい声にビクリと肩が震えた。父上とも違う覇気(はき)が私に襲いかかる。

「聖女たちは、騎士団長が貴方を止めるほど過酷な状況に身を置いて、魔物を討伐していたわ。見ていないからわからない？ それなら私が見せてあげるわ。どんな地獄でギルティアたちが聖女の役目を果たしていたのか」

「えっ？　なにをおっしゃるのですか、母上……？　こ、公務はどうされるのですか……？」

「公務は陛下がいらっしゃるから問題ないわ。それにね、ブランド。私も聖女だったのよ。最前線で戦う浄化の認定聖女だったの。そうね……一度ガッチリと教え込みましょうか。ミッシェルも一緒に」

穏やかに笑う母上は、かつてないほど恐ろしかった。

第三章　冥府の森は生き返る

「おはようございます。ギルティア様」

「アリア、おはよう」

澄んだ朝の空気にシャッキリと背筋を伸ばして、私は護衛兼世話係の女性騎士アリアに笑顔を向ける。

レクス様の右腕である副団長エイデンとアリアを紹介された後、私は取り乱した姿を見せたことを改めておわびした。こころよく許してもらえて本当にホッとしている。ふたりに様をつけて呼んだら有無を言わせぬ笑顔で、レクス様以外は呼び捨てにしてくれとエイデンに頼まれた。そういう規則でもあるのかと素直に従うことにした。

アリアは少し砕けたところはあるけど、愛想よくテキパキと仕事をこなす様子は見ていて気持ちがいい。

レクス様は人を見る目があるようで、数日もするとこの屋敷は信用できる人間しか働いていないとわかった。

「ねえ、レクス様は今日屋敷にいらっしゃるかしら？」

「はい、朝食の後は執務室でお仕事をされるご予定です。なにかありましたか？」

「庭の花を切ってもいいか確認したかったの。この前見た黒薔薇が本当に素敵で、できれば部屋に飾りたいわ」

「かしこまりました。では朝食が終わったら、執務室にご案内いたします」

アリアが私のお世話をしてくれるようになってから、レクス様と会う時間がかなり減った。

別に、だからどうということはないが、最近少し刺激が足りない気がする。落ち着いた暮らしもいいのだけれど、いい加減身体が鈍(なま)りそうだ。

屋敷にはレクス様の部下である冥府の騎士たちが、入れ替わり立ち替わりやってくる。みんなレクス様を慕っていて私にも丁寧に対応してくれた。

魔物があふれる冥府の森を管理しているのだから、騎士たちは忙しくしている。それなのに私は暇を持て余していた。訓練ばかりだったから、淑女の嗜(たしな)みである刺繍なんてできないし本も読み飽きた。

……そうだわ、レクス様のお手伝いをすればいいのではないかしら？

浄化の聖女になってから戦闘訓練だけでなく王子妃教育も仕込まれたおかげで、大陸各国の基本情報は頭に入っている。

国によって浄化の方法が違うけれど、私たちのような存在がいるのは変わらない。ユークリッド帝国では神子(みこ)とよばれる乙女が、帝都の大神殿で祈りを捧げて聖女のような役割を果たしているらしい。

それなら、私が冥府の森で魂を浄化しても問題ないかしら？　これでも認定聖女だったから、少しは役に立つと思うのだけれど。こちらもレクス様に聞いてみましょう。

「それでは、ギルティア様。お食事もお済みになったようですので、レクシアス様の執務室にご案内いたします」

ちょうどいいタイミングでアリアから声をかけられた。


アリアに案内されて執務室にやってきた。落ち着いたダークブラウンの扉を軽くノックしてから声をかける。

「レクス様、ギルティアでございます。入室してもよろしいでしょうか？」

前に先ぶれなしで自由にしていいと言われていたので、言葉どおりにしたのだが。

バタンッ、ガタガタッ！　ドサッ！

……大丈夫かしら？　ものすごい音がしているけれど。

「ゴホンッ、待たせたな。入っていいぞ」

そっと扉を開くと、正面の執務机にきっちりと腰かけたレクス様がなに食わぬ顔で書類にペンを走らせていた。

左隣の机で書類に目を向けているエイデンの肩が震えている。笑いを堪えているようだ。このまま話していいのか悩んでいると、アリアがそっと教えてくれた。

「レクシアス様、多分そこのソファでゴロゴロしながら仕事されていたんですよ。ギルティア様にだらしないところを見せたくなかったのか取り繕っているようですけど」

「アリア！　余計なことは言うなっ！」

「あら、そんなこと気にしませんのに……気を遣わせてしまって申し訳ございません」

レクス様に睨みつけられたアリアはまったく気にしてない様子で、さらに続けた。

「こんなレクシアス様ですが、帝国軍最強の騎士なのでここの管理者に抜擢されたんです。たぶん本気を出したら、帝国は三日でレクシアス様のものになりますね」

「まあ、そうでしたの！　レクス様はとてもお強いのね」

「ギルティアが望むなら、帝国くらいすぐに手に入れる」

なにかとてつもなく物騒な発言をされた気がしたけれど……気のせいよね？　ちょっと嬉しそうにソワソワしているのも、気のせいよね？　まあ、いいわ。次からは驚かせないよう、時間を伝えてから来るようにしましょう。次があるかはわからないけど。

「それよりどうした？　なにか困ったことでもあったのか？」

「困ってはいないのですが、許可をいただきたいのです。あの庭園に咲いている黒薔薇を部屋にも飾りたくて。何本かいただいてもよろしいかしら？」

「ああ、わざわざ確認しに来てくれたのか。ギルティアの好きに……いや、毒を含むものもあるから、事前に声をかけてもらえればかまわない」

「ありがとうございます！　それとレクス様、もうひとつおねが――」

そこで私の声をかき消すように、ひとりの騎士が執務室に駆け込んできた。

「レクシアス様！　レクシアス様ー!!　援軍をお願いします!!　一体ヤバい魔物がいて、トリスタン隊長が負傷しました!!」

いたるところに怪我をしていて、まるで余裕などない。鳶色(とびいろ)の髪は乱れ、新緑色の瞳は焦りを浮かべていた。詳細を知らない私でも緊急事態だとわかる。

「ロイス、なにがあった?」

「森の巡回中に、魔物の主(ぬし)と思われる死霊使い(ネクロマンサー)に遭遇しました！　トリスタン隊長が攻撃を受けて、腹部に重傷を負っています！　ヒックス先輩とオスカルが盾になっていますが、早く援軍を……！　トリスタン隊長がやられる前に援軍をお願いします!!」

死霊使い(ネクロマンサー)といえば、闇より深い漆黒のローブに身を包み、フードから覗く紅蓮(ぐれん)の瞳は憎しみをたぎらせている、災害級の魔物だ。他のアンデッドモンスターを操る特性があるから、冥府の森で出現したならばさらに状況が悪いと簡単に想像できる。

「わかった、俺が行く。エイデンはこの屋敷を頼む」

「御意」

「ギルティア、すまない。続きは戻ってきたら聞く」

そう言って足早に執務室から出ていこうとしたレクス様を呼び止めた。

「レクス様、お待ちください」

「ギルティア、今は時間が……」

「私も一緒に行きますわ。これでも国一番の浄化の聖女でしたのよ?」

私は決して揺るがない心で、レクス様の琥珀色(こはくいろ)の双眸を見据える。もし許可が下りなかったとしても、こっそり追いかけるまでだ。

「……わかった。ただし、俺のそばから離れるな」

レクス様の言葉にしっかりと頷いて、魔物のもとへ急いだ。


レクス様の転移魔法で、私と鳶色（とびいろ）の髪の騎士ロイスは援軍よりひと足先に冥府の森の奥深くまでやってきた。そこではたった三人の騎士たちが懸命に魔物の群れに立ち向かっている。どれだけ倒しても、次から次へと魔物がやってきてその数は減っていない。

「やはり死霊使い（ネクロマンサー）が仲間を呼んでいるのか」

「そうです……しかも前にやられた騎士たちも骸（むくろ）ごと魔物と化して、死霊使い（ネクロマンサー）に操られているんです。少し前まで仲間だった奴らだから、思ったように剣も振るえなくて……」

ロイスは悔しそうに奥歯を噛みしめた。

死霊使い（ネクロマンサー）に操られ力を増しているのもあるだろうけど、それ以上に、かつての仲間が相手ではいつものように戦えないのだ。倒された時の姿形そのまま操られて、魂はここにないと理解していても、心に残っている仲間の笑顔がちらついて剣が鈍（にぶ）る。今まで助け合い、戦ってきた友を攻撃するたびに心を深く抉（えぐ）っていく。

死霊使い（ネクロマンサー）との戦いは、身も心も削り取られていくのだ。

「……大丈夫だ。後は俺に任せろ。ギルティアはここにいてくれ」

「ええ、承知しましたわ」

レクス様は漆黒の長剣を引き抜き、三人の騎士たちの前に転移した。その剣をひと振りすると、騎士たちに襲いかかっていた魔物が一瞬で灰になる。

「待たせたな。後は俺が引き受ける」

「レクシアス様！　遅いっすよ！」

「トリスタン隊長、レクシアス様が来ました！　もう大丈夫です！」

「やっと援軍が来たか……後は、頼む――」

「っ！　隊長っ!!」

隊長と呼ばれた騎士はレクス様を視界におさめると、崩れ落ちるように倒れてしまった。レクス様に促（うなが）され、ふたりの騎士は意識を失った隊長を抱えて私たちのところまで下がってくる。

「ここに寝かせて！　薬草があるから少しでも治療しましょう」

「貴女は……？」

「私はギルティア。カメロン王国の元認定聖女よ。さあ、早く。ここに寝かせて」

トリスタン隊長と呼ばれていた騎士を診（み）ると、身体中血と泥にまみれていた。激しい戦いの中、命を懸（か）けて凌（しの）いでいたのが一目瞭然だ。

「ギルティア様、私はヒックスと申します。こっちはオスカルです。どうか、隊長をお願いします……！」

「なんとか隊長を助けてほしいっす！」

ヒックスとオスカルの言葉に私はしっかりと頷いた。重傷を負っている腹部を見ると、驚くことに魔法で患部を凍らせて止血していた。たしかに出血はしていないけど、乱暴すぎる治療法だ。

「いくら死霊使い(ネクロマンサー)相手だといっても、傷を氷魔法で無理やり塞ぐなんて……無茶なことをするわね」

「自分が不甲斐ないからなんです。気が付いたら隊長は自分で氷魔法を使って傷口を塞いでいました……」

「まあ、寝てろって言っても聞く人じゃないっすからね」

マジックポーチに薬草が残っているから、まずは傷の回復を促(うなが)す薬草を使いましょう。それからこの怪我ならたくさん血を流しているはず。次は増血の効果のある薬草を調合しなければ。

「私たちになにかできることはありますか？」

「ありがとう、それなら手伝ってくれると助かるわ。私の指示どおりに薬草を混ぜて、この魔道具で粉にしてほしいの」

「任せてください」

「じゃあ、オレは治療の邪魔をされないようにこちらに向かってくる魔物を蹴散らしてくるっす！ロイスだけだとキツいっすから！」

ロイスとオスカルは襲ってくる魔物を食い止め、私が治療に集中できるようにしてくれた。

認定聖女の時に学んだ知識で、トリスタン隊長の怪我を処置していく。ひどい怪我だったけど、氷魔法での止血が効果的だったのか薬草がよく効いてくれた。最後に増血効果のある薬草を朦朧(もうろう)としているトリスタン隊長の口に流し込むと、彼の顔が少しずつ穏やかになっていく。

「うわあ、ギルティア様ってすごいっすね！　あっという間に隊長の怪我がよくなっていくっす！」

魔物が引いたタイミングでオスカルが声をかけてくれた。

「まだ油断できないわ。あくまでも応急処置だもの。なるべく早く医師に見せないとダメよ」

もうできることはないと思ったタイミングで、レクス様の後を追ってきた援軍の騎士たちも到着する。

「ヒックス！　トリスタン隊長は無事か？　状況はどうなっている!?」

「隊長はギルティア様が処置してくれた。レクシアス様が単身で魔物を討伐されている。援護を頼む！」

「わかった、任せろっ！」

援護に来た騎士たちが魔物を討伐していく。あたり一面に黒く染まった穢れた魂があふれ返った。

死霊使いの操る骸と対峙する騎士たちの横顔には、ありありと苦悩が浮かんでいる。つい先日まで背中を守り合っていた仲間の姿が脳裏に浮かんでいるのだろう。

「ジーク……！」

「くそっ、なんでお前が操られているんだよっ！」

騎士たちはもう相手には届かない言葉をこぼす。

同じ装備をつけた魔物や骸が前に来ると、一瞬だけ攻撃の手が止まってしまう。その躊躇が自分の命を危険に晒すとわかっていても、仲間を大切にしているからこそ心が拒否していた。

それでも、歯を食いしばって、なにも見ないふりをして剣を振り下ろす。せめて痛みをあまり感じないように、一撃で倒していくことしかできない。

騎士たちは涙を呑んで、魔物を倒し続けていた。

トリスタン隊長の容体が落ち着いたので後は回復魔法が使える騎士に託し、私も死霊使い(ネクロマンサー)に視線を向ける。

「レクス様……」

私がトリスタン隊長の処置をしている間も、レクス様は淡々と魔物たちを屠(ほふ)っていた。顔色ひとつ変えずに冥府の森の管理者として、仲間だった騎士たちを斬り捨てていく。

その強さは本当に別格で、切っ先は迷いなく鮮やかだ。次々と操られた仲間がレクス様の足もとに崩れ落ちていく。だけど――

その背中は確かに叫んでいた。

深い悲しみ、後悔、懺悔(ざんげ)、声にならない慟哭(どうこく)。

淡々と斬り伏せていく森の管理者に、想いが込みあげる。

一緒に戦ってきた仲間を斬らなければならないなんて、レクス様だって平気なわけがないでしょう!? レクス様を助けたい。でも、レクス様には『ここにいてくれ』と言われているし……いえ、そもそも『俺のそばから離れるな』とも言われていたわね。

それなら私はレクス様のそばに行きましょう。

あんな切ない背中を、レクス様をひとりにしたくない。

私は勢いよくレクス様のもとまで駆け出した。騎士たちは魔物の相手をしていて私を止めることができない。

「ギルティア様っ！」

後ろから私を呼び止める声が聞こえたけど、従うつもりなんてさらさらなかった。

「レクス様!!」

「ギルティア!?」

突然現れた私に驚いたレクス様はその手を止めた。

そう、それでいい。こんな悲しいことをレクス様が背負うことはないのよ。

ここで魂を天上に還（かえ）すのが、それこそが浄化の聖女（わたし）の役目だわ！

「黒薔薇の鎮魂歌（レクイエム）!!」

一気に魔力を解放すると、ひしめく魔物たちにいばらが絡まっていく。

何百いようが何千いようが関係ない。私の想いはその程度で枯れはしない!!

私が解放した魔力に応じて、魂たちを送る天上の音色が冥府の森に響きわたる。心を穏やかにしてくれる不思議な旋律に、誰も彼もがその手を止めた。

そして私はそっと鎮魂歌（レクイエム）を唄う。

「迷いし魂たちよ。どうか安らかに眠れ。貴方の想いは真実。貴方の想いは深い愛。貴方の想いは永遠に。さあ、天上（そら）へお還（かえ）り」

私の歌声は魂の穢（けが）れを祓（はら）う。あたりは、七色の光を取り戻した魂たちの輝きで幻想的な光景に生まれ変わっていった。

レクス様にもこの景色が見えているのか、七色の魂が織りなす光を目で追っているように見える。

もし同じ景色を見ることができたなら、私の理解者となってくれるだろうか？

そうなったら嬉しいと思った。

そうしてさまざまな想いが交錯する中、それでも心残りのある魂が私のもとへとやってくる。

貴方たちの想いは、私が全部引き受けるから安心して。

だからもういいの。その想いに囚われないで。

『お願い……娘に愛していると伝えて』

『この指輪をナディアに……』

『母さんに、ありがとうって言いたかった』

『もう気にしてないって……伝えて』

『僕を忘れて、どうか幸せになってほしい』

「わかったわ。私が必ず届けるから」

七色に輝く幾つもの魂たちが天上に昇っていった。操られていた騎士たちの魂も、死霊使い（ネクロマンサー）の声が途絶えたことでひとつ残らず天に還（かえ）っていく。

森を照らす輝きが淡く優しく、泣きそうなほど切ない。

私は死者の声を心に刻んで前を向き、必ず最後の声を届けると誓いを立てる。

でも、まだ死霊使い（ネクロマンサー）が残っているから、油断はできない。

ここまで強い魔物だと、私の魔法だけで浄化するのは難しかった。

「レクス様、死霊使い(ネクロマンサー)を倒せますか？」

「……当然だ」

そう言ってレクス様は漆黒の剣で一閃する。魔力を込められた黒い切っ先が鋭い牙となって魔物に振り下ろされた。

『ギャアアあぁぁぁアアア!!』

その強烈な一撃は死霊使い(ネクロマンサー)を漆黒のローブごと切り裂いていく。レクス様の渾身(こんしん)の力を込めた一閃は破魔(はま)の聖女の攻撃に匹敵する、いや、それ以上の一撃だった。

耳をつんざく絶叫が冥府の森に響き渡る。その恨みや怨念(おんねん)の奥に深い悲哀を抱く魂の叫びは、私の心臓をギュッとしぼりあげた。

漆黒のローブは消え去ったけれど、魂は真っ黒に染まったままだ。まだ終わりではない。

「黒薔薇の鎮魂歌(レクイエム)」

もう一度、今度は死霊使い(ネクロマンサー)だった魂に聖女の魔法をかける。悲しいことに想いが強ければ強いほど、強力な魔物となって目的を果たそうとするのだ。

ねえ、貴方はどれほどの想いを抱いていたの？

『助けて……あの子を助けて!!』

魂のむきだしの想いに触れると、その心情や記憶が流れ込んでくる。

私の脳裏に浮かんだのは、この魂の娘である幼い少女の笑顔だった。質素なワンピースにふわふわのピンクブロンドの髪がかわいらしい女の子だ。やがて少女は聖女の力に目覚めて、貴族の男が迎えに来る。その後、この魂は身体を壊して亡くなってしまい、娘を見守るためにこの世に留まった。

そこでこの魂が目にしたのは、愛情深い母親を強力な魔物に変えてしまうほどの残酷な現実だった。母親の記憶が聖女の魔法とともに私の心に刻み込まれていく。

「そういうことだったのね。わかったわ」

私の言葉に安心したように死霊使い（ネクロマンサー）だった魂は天上に昇っていった。

そうして、やっと冥府の森に静寂が戻ってきた。あたりにはかつて仲間だった騎士たちの骸（むくろ）が横たわっている。

私がもっと早く聖女の魔法を使っていれば……レクス様があんな悲しいことをしなくて済んだのに。まだまだ、修行が足りないわ。

「ギルティア」

レクス様に呼ばれて振り返ると、彼だけでなく帝国軍の騎士たちもそろって膝をついていた。

「えっ、これはなんですの!?　あの、出過ぎた真似をしてしまったかしら……ご、ごめんなさい……」

「逆だ。魔物に操られた者たちを……俺たちの仲間を解放してくれて、感謝しかない。仲間を救ってくれてありがとう」

レクス様の予想外の言葉に思わず表情が硬くなる。これはダメだ。褒められたり大袈裟に感謝されるのだけはダメだ。

「いえ、それが私の役目ですから」

すると今度はトリスタン隊長やヒックス、オスカルが声を上げる。

「それでも、貴女に命を救われたのは間違いない……貴女は救済の女神様だ！」

「そうです！　トリスタン隊長だけでなく、仲間の魂まで……俺たちの心まで救ってくださったのです！」

「そうっすよ、オレたちを助けてくれたのはギルティア様っす！」

「ギルティア様は間違いなく我らの女神様です!!」

最後にロイスまでもが、ものすごく大袈裟に褒め称えてくる。

お願いやめて、女神とか本当にやめて。褒められるのは慣れてないの。どうしたらいいのか、わからないのよ!!

「ギルティア、冥府の森の管理者として礼を言わせてくれ。ギルティアのおかげで森にいた魔物がすべて討伐できたうえに、魂の浄化まで終わってしまった。まるで冥府の森が生き返ったようだ」

冥府の森の魔物をすべて討伐ですって？　その魂もすべて浄化したですって？　冥府の森が生き返ったみたいですって？

……それなら、そろそろ私も完全に自由にしてもらえないかしら？

レクス様をはじめとした騎士の方たちをなんとか立ち上がらせ、帰り支度するように促(うなが)した。そして、さりげなく帝国軍からそっと、そーっと距離を取っていく。

このどさくさに紛れてこっそり冥府の森の外に出られないかと思ったのだけれど。

「ちょっと待て。ギルティア、どこに行くつもりだ？」

「えっ、いえ、すぐそこにとても綺麗な花が咲いておりましたので、部屋に飾ろうとしただけですわ。おほほほほほ～」

めざといレクス様に見つかってしまった。

ものすっごーく疑惑に満ちた目で私を睨みつけている。

仕方ないわ、今はあきらめましょう。本当になんなのかしら？

魔物がいなくなったなら、ますます私がここにいても意味がないのだけれど。

「ギルティア、俺が屋敷まで連れていく。こちらに来い」

そう言うと、レクス様は私を優しく抱きしめるように腕の中に囲い込む。かなり鍛えているのかガッチリとした胸板と、柑橘系のほのかな香りにドキリと心臓が跳ねた。

来る時は緊急事態だったから気にならなかったけど、これはっ……こんなに密着する必要があるのかしら⁉

私の動揺をよそに、あっという間にレクス様の転移魔法の光が広がった。

ほんの一瞬で屋敷に戻ってきて、すぐに離れてしまった温もりに少しだけ寂しさを感じる。

いえ、いえいえいえ！　寂しいってなんですの？　レクス様が離れたからって寂しいなんてありませんわ！

気を取り直して、レクス様にお話ししなければいけないことがあるのよ。

「レクス様。今回の魂の浄化でやらなければならないお役目ができましたの」

「なんだ？　冥府の森から出ないのなら問題ないのだが」

「それは難しいですわね。私は浄化の魔法を使うと、天に還る魂の声が聞こえるのです。その死者の最後の声を届けるお役目がございます。ここにはいろいろな国から魂が集まっていましたから、複数の国へ行かなければなりませんわ」

「複数の国を回るのか……？」

一気に眉間にシワが寄って難しい顔になる。なにか葛藤している様子だけれど……なぜこんなに悩まれているのかしら？

「レクス様、冥府の森の磁場が直ったわけではないので、また魔物が湧くのは理解しているつもりですわ。でもしっかりと魂まで浄化したから、しばらく時間がかかると思うのですけれど……違いまして？」

「ああ、間違っていない。これだけ綺麗に浄化したことがないから憶測だが、半年程度は俺がいなくても騎士たちだけで問題ないくらいだ」

それなら私がこの森に残る理由もないわね？　では森から出るのがダメなのかしら？

「ところでレクス様。どうして冥府の森から出てはいけませんの？」

「……危険だからだ」

「あら、でも冥府の森の方が（魔物が現れるから）危険でございますでしょう？」

「いや、冥府の森の外の方が、むしろ（俺のギルティアを狙う輩が現れるから）危険だ」

……なんだか会話が噛み合いませんわね。

けれども、私だってここは譲れませんわ。想いを残して天上へ還った者たちの最後の言葉を伝えなければならないのですもの。

「レクス様、それでも私は行かねばなりません。これだけは譲れないのです」

こんなに伝えてもこの森に閉じ込めるなら、どんな手を使ってでもここから出ていくわ。私はどうしてもこの最後の言葉を届けないといけないのよ。

琥珀色の瞳と視線が絡まる。真っ向から対決する意見に妥協点は見出せない。決して引かないという私の決意を感じ取ったのか、レクス様が長いため息をついた。

「そうか………わかった、それならば俺も同行しよう。森の外は魔物以外にも危険が多いからな」

え？　レクス様が同行されるの？　なぜ？

まさか、そうなるとは思いませんでしたわ！

「いえ、ひとりで問題ございませんわ。管理者のお仕事もございますでしょう？」

「……大丈夫だ。エイデンがいるし、魔物が復活するまで暇なくらいだ」

なんてこと！　うっかりすべて浄化してしまって、レクス様や騎士たちのお仕事を奪ってしまったのね!!　まあ、でもそれは仕方ないわ。彷徨う魂を放っておけないもの。それに聖女の魔法が有効なのは魔物だけだから、外の世界で魔物以外のさまざまな危険に遭遇しかねないのも事実だわ。

「わかりました。私が対抗できるのは魔物だけですので、いざという時はお願いいたしますわ」

「ああ、任せろ。なにがあっても、どんなものからも俺がギルティアを守る」

レクス様の熱く燃えるような意志が宿る瞳に、またドキンと心臓が高鳴った。

私を守るとか……初めて言われたわ。任務なのはわかっているけれど、少しは頼りにしてもいいのかしら……？

なんだかくすぐったいわ、こんな風に優しくされるのは。

今までに経験したことのないふわふわした気持ちに、私は翻弄されっぱなしだった。


翌日、最後の言葉を届ける旅の日程をレクス様に相談するため執務室を訪れた。

最後の言葉を届けるのは五カ所だ。ユークリッド帝国で二カ所、冥府の森の南に位置するシャムス王国で一カ所、それからカメロン王国で二カ所ある。死霊使い（ネクロマンサー）に操られていた騎士たちの分もあるけれど、それは出発までに伝えることになった。

「ギルティア、回りたい順序はあるか？」

「真っ先にカメロン王国の王都に向かいたいですわ。魂の希望でまだ詳しくは話せませんが、一刻も早く最後の言葉を届ける必要がありますの」

死霊使い（ネクロマンサー）から受け取った言葉と記憶を知って、今すぐにでも駆けつけたい気持ちでいっぱいだ。でもレクス様の口から出たのは予想外の言葉だった。

「そうか……だが最初にカメロン王国の王都は厳しいな。諜報部隊の報告では、いまだにギルティアの捜索が続いている。このまま戻ったら、また認定聖女に逆戻りする可能性がある」

「そんな……」

またあの自由のない生活に戻る——でも、それでもいい。それであの子が救われるなら、私は構わない。

逡巡したけれど、すぐに覚悟を決めてまっすぐにレクス様に視線を向けた。

「それでも結構ですわ。カメロン王国からお願いいたします」

「ギルティア、それは俺が許可できない。もうあの国にギルティアを返したくない」

「でも私は最後の言葉を届けて、あの子を助けなければなりませんの。これは譲れませんわ！」

レクス様が腕組みをして思案している。やがて短くため息をついて提案してきた。

「それならせめてカメロン王国に入っても、認定聖女に戻されないように手を打ちたい。そのための準備期間がほしいから、他の国から回ってはダメか？」

「どれくらいの時間がかかりますの？　できれば急ぎたいのです。あまり悠長にしていられる状況ではございませんので」

「一週間だ。それまでは悪いが他の言葉を先に届けてもらえないか？　移動は俺の転移魔法があるから不自由はかけない」

確かにレクス様の転移魔法があれば、私がひとりで移動するよりも圧倒的に速い。それなら多少順番が変わっても、その間に他の最後の言葉を届けられるなら魂たちにとっていい話だ。

「わかりましたわ。わがままを聞いてくださって、ありがとうございます」

「いや、いいんだ。こちらもなるべく急ごう」

こうしてまずはユークリッド帝国から最後の言葉を届けることになった。

死者の声を届ける旅は、三日後に出発だ。

どんな旅路でも問題ないように荷物を確認する。マジックポーチは最初に聖女に支給される魔道具で、これが意外と重宝している。

ポーチに入れてしまえば、重さも匂いも感じない。薬草や食べ物の鮮度も保たれるから、実は大変高価なものだったりする。

「ギルティア様、他に必要なものはございませんか？」

「そうね、テントも寝袋も持ったし、薬草も追加したし。お気に入りの石鹸も入れたわ。そうだ、この枕も持っていってもいいかしら？　実はジャストフィットでぐっすり眠れるの」

「ふふふ、もちろん大丈夫ですよ。ギルティア様が戻ってこられるまでに、もうひとつ用意しておきますね」

「まあ！　アリア、ありがとう！」

今まではカメロン王国の中ですべて終わっていた。万が一、他国の魂だったとしても出国を許されていなかったから、中央教会を通して伝えてもらっていた。

今回はすべて私が伝えるのだ。そしてあの死霊使い（ネクロマンサー）の想いを叶える。最後の言葉を伝えると、心に刻んだ言葉も、一緒に流れ込んできた映像も、雪が溶けるように消えていく。だから最後のひとつが消えてなくなるまで、旅を続けるつもりだ。

準備が一段落すると、アリアがかしこまった態度で声をかけてきた。

「ギルティア様。あの……ロイスから、あ、私の同郷の騎士なんですが、アイツから聞きました。冥府の森の魂をすべてギルティア様が浄化してくれたと」

「まあ、ロイスとは同郷だったのね」

「はい。本当にありがとうございます。実は私の兄も騎士だったのですが、半年前に魔物にやられて死霊使い（ネクロマンサー）に操られていたんです」

「そうだったの……あ、待って。もしかして……」

あの時浄化した魂たちが残していった記憶を、目を閉じてひとつずつ心に描いていく。伝えたい人の顔や情景が浮かび上がっては消えていった。

『もう気にしてないって……伝えて』

その言葉と一緒に脳裏に浮かんだのは、騎士服を着た金髪の女性だ。勝ち気な青い瞳で怒って去っていく姿は——アリアだ。

そっと目を開いてアリアと一緒にソファに腰を下ろした。

「アリア……お兄様から最後の言葉を聞いたわ」

「えっ！　兄貴から⁉」

「ええ、『もう気にしてない』って」

「っ‼　……本当に……？　兄貴が？」

私はそっと頷いた。アリアは俯（うつむ）いて泣くまいとしていたが、肩は小刻みに震え、あふれた涙が頬を濡らしていた。唇を強く噛みしめて嗚咽（おえつ）が漏れないようにしている。

「アリア、思いっきり泣いていいのよ。我慢しなくていいの。今ここには私とアリアしかいないから、いいのよ」

「ギルティア……様っ！　私、私……あの日兄貴に八つ当たりして……それが最後の兄貴との会話で……。ずっと、ずっと後悔して……ずっと……うっ、うう……ずっと、ごめんって言いたかったんです……！」

「もう『気にしてない』って、確かに言っていたわ。アリアと同じ青い瞳が綺麗なお兄様ね」

アリアを優しく抱きしめて、後悔と悲しみに震える心を慰(なぐさ)めた。

どんなに悔やんでいたか、どんなに謝りたかったか。どんなに家族に愛を伝えたかったか。想像しかできないけれど、それでも私はアリアに寄り添いたかった。

「今回は一気に浄化したから、すぐに伝えられなくてごめんなさいね。出発する前に、ここの騎士様たちの分は伝えるつもりだったの」

「そんな、いいんです！　ギルティア様……ありがとう……ございます！　兄貴を救ってくれて、ありがとうございます！」

アリアの涙が止まるまで、私はそっとその肩を抱きしめていた。

＊　＊　＊

「ミッシェル様、ブランド殿下が面会にいらっしゃっています」

「まあ、ブランド様が？　すぐに行くわ」

あの祝賀会の夜から三週間が過ぎた。

今では浄化の聖女の中で一番の実力者となるわたくし――ミッシェル・リア・ゼノビスは、中央教会で次期認定聖女として扱われていた。

ブランド様と結婚すれば、中央教会から出て王城での暮らしが始まる。

この日一週間ぶりにブランド様がわたくしに会いに来てくれた。面会室でブランド様に優しく抱擁（ほうよう）される。

「ミッシェル！　やっと父上の許可が下りたよ！」

「これでやっと、わたくしがブランド様の婚約者になれますのね！」

わたくしはホッと胸を撫で下ろした。まずひとつ目的を果たせた。

「ああ、待たせたな。それからギルティアが見つけられず、ミッシェルが認定聖女に決定した。本当に誇らしいよ」

「本当ですの⁉　それでは精一杯魔物を浄化してまいりますわ！」

やったわ！　これでやっと……ゼノビス公爵家の者として、認められるわ！　お父様に指示されたとおりにやり遂げたのだから、これでもう十分なはずよ！　ここまでやれば、あのサリエルお姉様だってなにも言わないはずだわ‼

祝賀会の時は国王陛下がお怒りだったけど……ブランド様が事前にお話ししていなかったから、驚かれただけよね。一日も早くお義姉様（ねえさま）たちと一緒に魔物の討伐に参加して、認定聖女としてお役に立つのよ！

ところが胸に抱いていた希望の光は、認定聖女になって初めての魔物討伐戦でいとも簡単に打ち砕かれた。

「紅焔曼珠沙華（こうえんアマリリス）!!」

破魔（はま）の聖女の魔法で百を超える魔物たちが一斉に切り刻まれ、黒く染まった魂が空に放たれる。まるで紅蓮（ぐれん）の花畑に黒蝶が舞うような幻想的な光景だった。

――これがシーラお義姉様（ねえさま）の聖女の魔法。なんて美しいの。

見とれていたわたくしはすぐにハッと我に返り、魂を浄化する魔法を放った。渾身（こんしん）の魔力を込めて、彷徨（さまよ）う魂たちを天上に還（かえ）していく。

「葬送の白百合（フューネラル・リリー）!!」

何十もの白百合が現れて、魔力を取り込み穢（けが）れた魂たちを包み込む。やがて空に向かって花開くと、虹色になった魂たちが天高く舞い上がっていった。

もう戻ってきてはダメよ。ここは貴方たちの居場所ではないのだから。

そんな風に思えたのは、最初の魔物を倒した時だけだった。最初の魂を浄化しきる前に第二波、第三波がやってくる。

「ミッシェル！　浄化が追いついてない！」

シーラお義姉様（ねえさま）が魔物に囲まれたまま叫ぶ。とても待ってくれなんて言える状況ではない。焦燥（しょうそう）

感(かん)に駆られながら、ただただ魂の浄化をしていく。

「青蘭(せいらん)の聖域(サンクチュアリ)!!」

守護の聖女であるマリッサお義姉様(ねえさま)が、魔物に襲われそうになったわたくしに結界を施した。煌(きら)めくコバルトブルーの光がわたくしを包み込んでいく。

「早くしないと、また魔物として復活してしまうわ！　ミッシェル！」

「や、やっています！　全力でやっていますわ!!」

最前線は、大陸中の魔物が集まったのかと思うほどだった。シーラお義姉様(ねえさま)が魔物を倒して、マリッサお義姉様(ねえさま)が結界を張って魔物の侵入を防ぐ。次々と魂にされていく魔物を天上に送るのがわたくしの役目だ。

それに加えてわたくしたちを守るように騎士団の精鋭が配置され、身を挺(てい)して魔物から守ってくれている。中央教会に所属する聖女たちも少し後方から魔法を使い――みんな懸命に戦っていた。

でも一度に百を超える魂を浄化するなんて、いくらなんでも無茶すぎるわ！　五十体でもかなり無理をしているのよ!!

「もう限界です！　これでは追いつきませんわ！　シーラお義姉様(ねえさま)！」

「なにを言っているの!?　確かにいつもより多いけど、対処できない数ではないでしょ！」

なんですって……？　この数をこなせると、浄化できるというの？

「だって、今までは……せいぜい十体程度でしたのに……」

「それはギルティアが最前線でほとんどの魂を浄化していたからですわ」

マリッサお義姉様が前を見据えたまま、厳しい表情で現実を突きつける。

そんな……こんなにも実力の差があったというの？　嘘でしょう!?　ありえないわ、数百もある魂を一度に浄化するなんて!!

「とにかくミッシェルが認定聖女になったのなら、やるしかないのよ！　ショックを受けるのは後にして魂を浄化しなさい!!」

シーラお義姉様の叱責に我に返り、必死に魂の浄化をした。次から次へと倒される魔物たちは時折最後の言葉を残していく。その声に応える余裕もなく、ひたすら浄化していった。


やっとの思いで魂を浄化して中央教会に帰ってきた後、教会の神官であるサリエルお姉様から認定聖女用の訓練メニューを渡された。

明日からはこのメニューをこなしていかなければならないと言われたのだ。

サリエルお姉様が「慣れれば平気よ。夕方には終わるわ」と渡してきた内容は、今まで見たことがないほど過酷なものだった。

これまでに経験したことがない無数の浄化と、さらに増えた訓練メニューによってわたくしは限界寸前だった。それでも必死にこなしていると、いつものようにサリエルお姉様が声をかけてきた。

「あら、今日の分は終わったの？　あんたって昔から鈍臭いのだから、人一倍努力をしないといけないのよ？　わかっているの？　あのメニューだって特別に作らせたのよ。感謝しなさい」

「はい、サリエルお姉様。ありがとうございます。本日の訓練は終わりましたわ」

中央教会にいる神官は、聖女と過ごす時間が多々ある。こうやってわたくしのためだと言って、こき下ろすのはいつものことだ。

わたくしの苦しみは誰にも理解されない。この苦しみから逃げる場所なんてなかった。

でも、辞めるわけにはいかない。私を産んでくれた母のためにも耐えるしかなかった。

母は公爵家のメイドだったけれど、次期公爵のお父様のお手つきになって私を身籠った。それなのに母は公爵家を追い出され、わたくしたち母子はふたりでひっそりと暮らしていた。貧しい生活をなんとかしようと無理をして働いていた母はやがて病を患った。

そんな時に聖女の力に目覚めたわたくしは公爵家に引き取られることになった。わたくしが公爵家に行って認定聖女になれば、病気の母へ十分な援助をすると言われたからだ。

あれから五年間、お父様に言われたことはどんなことでもやってきた。わたくしがちゃんと役目を果たしたら、母を離れに住まわせると約束してくれたのだ。

だから面会に来るお父様や、神官であるサリエルお姉様からの指示を必死にこなした。ふたりに言われるがままギルティア様を貶めて、ブランド様を奪い、死に物狂いで聖女の座にしがみついた。罪悪感はあったけど、病に臥せる母を放っておくことはできなかった。

そしてついに目的を果たしたはずなのに、まだ終わらない。

お父様とサリエルお姉様は沈黙したままだ。

三日後、またもやブランド様がやってきた。なぜかいつもより警備の騎士が多く配置されていて、一段と豪華な馬車で乗りつけている。いつもと違う様子に違和感を覚えた。

「ミッシェル、会いたかったよ。それで、実は……その、話があるのだが……」

「お話でございますか？」

　コツン、コツンとヒールを鳴らす音が聞こえてくる。静かに姿を現したのは、あの祝賀会の後に真っ青になっていた王妃殿下だった。

「ブランド、どきなさい。後は私から話します」

「王妃様……!?　このようなところまでご来訪いただき、誠に感謝いたします。本日はどのようなご用件でございましょう？」

　どうして王妃様がいらっしゃったの？　なんとか淑女らしい完璧なカーテシーを返したけれども、ブランド様はいったいなにを言って、なにをしてきたの!?

「ミッシェル……貴女の訓練が進んでいないと中央教会から報告があったので、しばらくは私が直接指導いたします。明日から毎朝九時には来ますから準備をしておきなさい。それから次の討伐にはブランドも連れていきますので、そのつもりで」

「っ!?　……かしこまりました。認定聖女として至らず申し訳ございません。明日からのご指導よろしくお願いいたします」

　そんな、訓練はちゃんとこなしているのにどうして!?　ちゃんとサリエルお姉様に報告書も提出しているのに――もしかして……サリエルお姉様なの？　お姉様が王妃様に嘘の報告をしたの？

　認定聖女になったしブランド様の婚約者にもなったのに、まだ足りないの？

わたくしは、どこまでやればいいの……？
どこまでやったら、お母さんを助けてくれるの？

第四章　魂たちの最後の言葉

「ギルティア、準備はいいか？」

「はい、みなさまに最後の言葉もお伝えできたので、心残りはありません」

「……もう帰ってこないみたいな言い方はやめてくれ」

一気に氷点下まで下がったレクス様の機嫌に、見送りにきてくれた騎士たちが青ざめた。魔物はすでに狩り尽くしたはずなのに、戦場のような緊張感が走る。

レクス様はそう言うけれど、私が帰ってくる必要がどこにあるのかわからない。

「レクス様。私は死者の声を騎士様たちに直接伝えられたから、今この地ですべきことはないと申し上げたのです。戻ってこないとは申しておりません」

「そうか、それならいい」

今度は春の陽だまりみたいに、穏やかな空気でレクス様は微笑んだ。

騎士たちもホッとしたように、私に視線を向けてくる。

彼らには申し訳ないけれど、レクス様の機嫌が悪くなるポイントがわからないわ。むしろこのまま外国に移住したいのだけれど……ダメかしら？

そんな下心をバレないようにそっとしまい込んで、レクス様の転移魔法でユークリッド帝国の帝都へと出発した。

転移魔法は素晴らしい。

私の足で二週間はかかる旅を、ほんの一瞬、目を瞑っているだけで移動しているのだ。この魔法が使えるレクス様が心底うらやましい。聖女が使える魔法は一種類だけだし、そもそもこんなに簡単に転移魔法が使える人はそうそういない。

確かカメロン王国では、トップクラスの極一部の人間しか使えなかったはずだ。しかも移動できるのは国内限定。

レクス様は……もしかしたらかなり規格外なお方なのかしら？　だとすると、逃げ切るのはそう簡単ではないわね。

「ギルティア、どこに向かえばいい？」

レクス様が名残惜しそうにその腕の中から私を解放してくれる。毎度毎度のことだけれど、密着度に耐えられない。今回は転移魔法の素晴らしさとレクス様の規格外っぷりを考察して気を紛らわせていたけれど。

「……少しお待ちいただけますか？」

私はそっと目を閉じて、心に刻まれた言葉と記憶を思い出す。

『お願い……娘に愛していると伝えて』

魂が残してくれた記憶が私を導いてくれる。見覚えのある道、見覚えのある家、この道を左に行ってその先を右に曲がって……やがて見えてきたのは老朽化の進んだ教会だった。

教会の、通りに面した庭に、ひとりの少女がいる。夕日のような、赤に近いオレンジの髪の少女はじっと俯いて、なにかに耐えている様子だった。

——この子だ。記憶の中で母親はオリビアと呼んでいた。

「レクス様、こちらです」

記憶を頼りに十分ほど歩くと、見えてきたのは記憶の中よりさらに老朽化の進んだ教会だ。

教会の庭には誰もいない。雑草がいたるところに生えていて、手入れはまったくされていない様子だった。私は扉をノックする。

「すみません、どなたかいらっしゃいませんか？」

しばらく待っていると、そっと扉が開かれた。

夕日のようなオレンジの髪に、新緑色の瞳。記憶の中のように幼い少女ではなかったけど、この女性に間違いない。私の魂に刻み込まれた記憶がそう言っていた。

「貴女がオリビアさんね？」

「あの……すみません、お願いです。残っているのは私だけですから、どうかそっとしておいてください。もし建物が崩れても、私には家族もいないし、問題ありませんから」

私を誰かと勘違いしているみたいだわ。

話をしようとしたところで、レクス様が先に口を開いた。

「この建物は老朽化が進んでいて危険だ。役人から退去命令が出ているだろう？　それでもここにいたい理由はなんだ？」

なるほど、帝国では役人が民の安全を守るために、そんなお仕事もしているらしい。ここはこのままレクス様に任せた方がよさそうだ。

「……行く当てがないだけです」

「それなら役人に相談すれば、一時的な住まいを用意されるだろう。君はもう働ける年齢のようだし、最初だけ支援を受ければ問題ないのではないか？　もし困っているなら……」

「なんと言われようと、ここを出ていく気はありません。お帰りください」

そう言って大人になっていたオリビアは、扉を閉めて鍵を下ろした。もう呼びかけに応じる気配はない。

「レクス様、今日はもうダメみたいですね」

「すまない。俺が追い詰めたか……明日出直そう」

「いいえ、なにもわからない私を助けてくださったのでしょう？　ありがとうございます」

「いや……」

するとレクス様はフイッと視線を逸らした。チラリと覗く耳が赤い。

これは気のせいでなければ、どうやら照れているみたいだ。もしかしてレクス様は、私と同じで褒められるのが苦手なのかもしれない。こんなところで共通点があるなんて、思いもよらなかった。

私とレクス様は教会の近くに宿をとって、翌朝またオリビアのもとを訪れることにした。

「おはようございます」

「……また貴女たちなの？」

庭に洗濯物を干していたオリビアは、思いっきり嫌そうな顔をしていた。今日は少し切り口を変えてみようと、私が話すことになっている。

「ねえ、貴女はカメロン王国の浄化の聖女を知っているかしら？」

「カメロン王国？　名前しか聞いたことないです」

「そう……その浄化の聖女は魔物になった魂を天上に還すのが役目なの。その時に魂の最後の言葉を聞くのよ」

オリビアの手は止まっている。亡くなった人の魂が魔物になるのは世界共通の認識だ。私の言わんとしていることに察しがついたみたいだ。

「私は浄化の聖女で、貴女のお母様から最後の言葉を預かっているの。それを届けに来たわ」

振り返った彼女の瞳は、悲しげに揺れていた。


教会の中は壁のいたるところが剥がれ落ちて、雨風を凌ぐのがやっとの状態だった。扉を開け閉めするだけで、天井からパラパラと落ちてはいけないものが落ちてくる。役人が退去命令を出すのも頷けた。

ただ掃除は行き届いていて、埃ひとつ落ちていない。彼女に案内されるまま、食堂にある小さなダイニングテーブルについた。

「すみません、お客さまにお出しできるものなんてなくて……こんなお茶しかなくてお恥ずかしいですが……」

それでも出されたお茶は香りよく、素材の旨味が十分に引き出されていた。レクス様も少しほころんだ顔で口をつけている。

「まあ、お茶を淹れるのが上手ね。とてもいい香りだわ」

「あ、ありがとうございます。あの、それで……」

「お母様の最後の言葉ね。だけど、昨日の今日でどうして話を聞いてくれる気になったの？」

彼女はふうとひと息ついて、窓の外に視線を向けて話し始めた。

「わかっているんです。本当は捨てられたんだって。でも認めたくなくて……ここで待っていたら、もしかしたらお母さんが迎えに来るかもしれないって」

「そう……貴女はずっと待っていたのね」

「ええ。お母さんが来なくても、待っていればなにかしら知らせが届くかもしれないって思ったら動けなくて」

力なく笑う彼女は「やっとその知らせが来たのだと思いました」と言ったきり、私の記憶と同じように俯いて感情を抑え込んでいた。

「『愛している』、貴女のお母様からの伝言です」

「えっ……？　それ……だけ？」

「はい、それだけです。お母様が本当に伝えたかったのは、貴女への変わらぬ母の愛です」

「嘘よ……そんなの嘘!!　じゃあ、なんで私を捨てたの!?　こんなボロい教会に置いていったの!?」

「……お母様は病で余命宣告を受けて、どうしても貴女を育てることができずここに預けました。その後も倒れるまで働いて教会に寄付し続けていました」

魂から流れ込んできた記憶では、母親は最低限の生活費だけ手元に残して、後はすべて教会に寄付していた。せめてオリビアが少しでも美味しいものを食べられますように、たまにはかわいい洋服を与えてもらえますように、と願いながら。

当時のシスターは事情を理解していて、母親の希望どおりそのことを秘密にしていた。そして寄付があるうちは他の子には内緒で、オリビアのためにそれを少しばかり使っていたのだ。

母親は自分が死んだ後にオリビアの悲しみが軽くなるよう、憎まれ役に徹していた。魂になってオリビアを見守っていたけど、オリビアは頑なにこの教会に残り続ける。母親はそれをなんとかしたくて、この世にとどまり続けたのだ。

真実をすべて知ったオリビアはハクハクと口を動かすだけだった。やがてそれはいびつに歪んで、嗚咽を漏らし始める。

「ううっ……お母……さん！」

私は彼女の背中にそっと手を置いて、ただ寄り添った。

オリビアは捨てられたと思っていたけど、それでも母の愛を求めてこんな危険な建物に住み続けていた。母親からたくさんの愛情を注がれていたからこそ、そしてオリビアが母親を愛していたからこそ、一途に待ち続けていたのだ。

私の心に刻み込まれた記憶が、この親子が互いを大切に思い、寄り添って生きてきたことを教えてくれる。だからこそ私はオリビアに幸せになってもらいたい。

この教会でずっと迎えを待っていたオリビアは、母の深い愛を知ってここから先へ進めるだろうか？

「……ん？　なんだ……パラパラ落ちて……」

「え？　どうかなさいましたの？」

レクス様に視線を向けると、なにやら難しい顔をして天井を見上げていた。

「ギルティア!!」

次の瞬間、レクス様が叫んだと思ったら、轟音とともにドドドドドッと天井や壁、屋根までが崩れ落ちてきた。

「きゃあああっ!!」

「伏せて!!」

悲鳴をあげるオリビアに覆いかぶさり、崩落の衝撃に備えた。けれど天井の欠片ひとつ落ちてこない。

不思議に思ってそっと目を開けると、私たちはレクス様の張った結界に守られていた。結界の外は瓦礫の山になっていて、遮るもののなくなった陽の光が眩しいくらいに私たちを照らしている。

呆然と瓦礫の中で佇む。

レクス様が結界を張ってくれたから、なんとか無事だけれど……危うく崩落に巻き込まれるところだったわ……!!

「はっ……はは、あはははは！　なんなの！　やっとお母さんの知らせが届いたと思ったら、残ったのはカップが三つと小さなテーブルと椅子だけなんて……本当、嫌になっちゃうわ」

オリビアが泣きながら自嘲した。

この惨憺(さんたん)たる状況にさすがにフォローの言葉が出てこなくて申し訳なく思う。

その時、私の横を通り過ぎる夕日色の髪の少女が視(み)えた。

記憶の中で見た、少女の頃のオリビアだ。目の前に確かに大人になったオリビアがいるのに、不思議な現象が繰り広げられている。少女のオリビアは、レクス様にもオリビア自身にも視(み)えているようだ。

少女のオリビアは、肩までの髪を揺らしながら庭の方へ走っていく。その先には同じ髪の色の優しそうな女性が笑顔で両手を広げていた。

「お母さん……」

大人になったオリビアの呟きは風に呑まれて消えていく。

少女のオリビアは駆けていった勢いのまま、母の腕の中に飛び込んだ。しっかりと受け止められて、もう決して離さないとぎゅっと抱きしめられている。

誰もいない教会の庭でひとり俯(うつむ)いていた少女のオリビアを、『もう大丈夫だよ』と安心させるように母親は背中を優しくさすっていた。

少女のオリビアは弾けんばかりの笑顔で、きつくきつく母親の首に手を回している。母親はこちらに視線を向けて、大人になったオリビアに話しかけた。

『オリビア、世界で一番大好きよ』

「お母さんっ！　私も……大好き！　世界で一番お母さんが大好き!!」

大人のオリビアが声を返した次の瞬間には、母親も少女のオリビアも消えていた。

母親の、愛しい娘を迎えに行きたかったという最後の願い。幻でも叶えたいと、母親が強く望んでいたのを私は知っていた。だからきっと冥府の森で取り込んだ濃い魔力が作用して、幻影となって私たちの前に現れたのだと思う。

少女のオリビアは母の腕の中に帰っていった。ずっと待っていた母親に抱きしめられて幸せそうに笑っている。

大人になったオリビアは母に来てもらえることはなかったけれど……それでもよかったのだと思う。母の深くまっすぐな愛がやっと届いたから。母親に捨てられたのだと傷ついた心は救われたと、私はそう思った。

自分とオリビアを重ねてしまい、いつのまにか涙が頬を伝っていた。泣いていることに気付いたのは、レクス様が心配そうにこちらを見ていたからだ。

そっと涙を拭って上を向くと、抜けるような青空が広がっている。もう大丈夫だ、オリビアは前を向いて歩いていける。そんな確信があった。

レクス様の計らいで、オリビアは新しい住まいと当面の生活準備金をもらえることになった。

手続きの際に役人に教会の崩落について説明したら真っ青になっていたけど、オリビアが無事だと伝えたらホッと胸を撫で下ろしていた。

こんなに親身になってくれる青年が役人をしているなら安心だ。オリビアは腕の立つお針子らしく、職に就くのも難しくないようなのですぐに生活を立て直せるだろう。

「ギルティア、大丈夫か？」

「ええ、大丈夫ですわ！　次の方に会いに行きましょう」

涙を流していたから、レクス様に心配をかけてしまったようだ。

最初に会った時からは想像できないくらい優しい。ずっと私に気を配ってくれている。でもそれがくすぐったくて、なかなか素直になれないのだ。

それにどうしたって魂の最後の言葉を届けるのは心に響く。オリビアの母の記憶はもう消えてなくなったけど、生きているうちになにもできないという無力感が残っていた。

でも今回はレクス様が一緒にいてくれるから、少しだけ心が軽い。

「それでは、次の街へ向かいましょう」

「その前に会わせたい人がいる。転移魔法で移動するぞ」

レクス様に連れてこられた先は、帝都の中心地にある貴族の屋敷だった。

懐かしい記憶がよみがえる。

いつもお父様の休暇に合わせてこの屋敷にやってきた。お母様のご実家であるユークリッド帝国のファラル公爵家の屋敷。その玄関先に立っていた。

「レクス様……あの、どうしてここに？」

「ギルティアの母君のご実家だろう？　ギルティアの捜索のために帝国に来ていると父君から連絡をもらったから、俺が約束を取り付けたんだ。しばらく来ていなかったと聞いている。父君も兄君もいるからゆっくり話をしてくるといい」

予想もしなかったレクス様の提案に瞳が潤む。

ずっとずっと会いたかったお祖父様とお祖母様。そしてお父様とお兄様。国を出る前に会うことが叶わなかった家族に引き合わせてくれるなんて。

「ギルティア!!」

扉が開く音に振り向くと、お父様とお兄様が駆け寄ってくるところだった。

「お父様！　お兄様！」

「やっと会えた……ギルティア、無事か？　怪我などしていないか？」

「ギルティア、お腹は空いてないか？　お前の好きなメロンタルトを用意したよ」

「ふふふ、大丈夫ですわ。私これでも強い方なので怪我はありません。それに本当によくしていただいているの。ひもじい思いなんてしてしておりませんわ」

お父様には王城や夜会でもたまに会っていたけれど、お兄様は五年前に帝国に留学してから会えていなかった。お父様とお兄様が、両サイドから抱きしめてくる。

嬉しいけど……つ、潰されそうですわ……！

「ほらほら、ギルティアが潰れてしまいますよ。離しておあげなさいな」

「おお！　ギルティアよ！　こんなに大きくなって……さすがワシの孫だ、気高く美しいな！」

「お祖母様とお祖父様……！　お会いしたかった！」

認定聖女になってからは出国も許されず、お祖父様が帝国の要人ということで面会も許可されなかったのだ。八年ぶりの祖父母との再会に、堪えきれない涙が頬を伝う。

「レクシアス殿下……このたびの采配、誠に感謝申し上げます」

お父様がレクス様に深々と頭を下げた。そのセリフに涙が一瞬で引っ込んだ。

ちょっと待って、今なんとおっしゃったの？

「……殿下？」

「なんじゃ、ギルティアは聞いておらんのか？　レクシアス殿下はユークリッド帝国の第二皇子じゃ」

「き、聞いてませんわ――!!」

数々の無礼な振る舞いが頭の中を駆け巡り、一気に血の気が引いていく。

どうやったらこれまでの不敬な態度や発言を帳消しにできるか考えたけど、フリーズした頭はうまく働いてくれない。

「も、申し訳ありません。ユークリッド帝国の第二皇子であるレクシアス殿下が冥府の森の管理者だとは露知（つゆし）らず、大変な無礼を働いてまいりました。なにとぞ私の首でお許しいただけないでしょうか？」

私が王族と同じ扱いを受けるのは、あくまでもカメロン王国の中での話だ。しかも今では認定聖女ですらないから、なんの言い訳もできない。

ああ、理解したわ。不敬罪で処刑する前に、恩情として家族に会わせてくれたのね。でも魂から預った最後の言葉を届けきりたかったわ……!!

「……そうだな。ではこれからも、今までと変わらず接してくれ。それがギルティアへの罰だ」

「おお！　娘と会わせてくださったうえに、なんと寛大なご処置か！　誠にありがとうございます、レクシアス殿下！」

なんということかしら……今までどおりですって!?　帝国の第二皇子だと理解した上で今までどおりとは、なかなか素敵な意地悪ではないかしら？

まあ、今更ではあるけれど。

「わかりましたわ。では遠慮なく」

「では、まずは屋敷に入りましょう。さあ、皆様どうぞ」

お祖母様に促（うなが）されるまま、ファラル公爵家で歓待を受けた。

それから私は祝賀会の後の出来事をありのまま報告したのだけれど。

「レクシアス殿下、誠に申し訳ございません!!　うちのギルティアは、少々自由なところがございまして……なんとおわびしたらよいのか！」

「ぶふっ……さすが我が妹、最高だよ……っ!!」

「なんと、まあ……やはりお転婆（てんば）は健在であったか！」

「あらあら、でもこれからの時代は、女性もたくましく生きていかないといけないのよ？」

お父様は謝罪をしているけれど、他のみんなは第二皇子の前だというのに思うままに振る舞っている。一応お父様だけは家長としての責任を果たすつもりのようだ。

……私、今思ったのだけれど、自由を求めるのは確実にマクスターとファラルの血だと思うの。

「ふはっ、さすがギルティアの家族だな。なんだか納得だ」

「あら、レクシアス殿下もそう思われます？　私もですの。ですから私が自由を求めるのも仕方ないことだと思いますわ」

「ギルティア、今までどおりだと言っただろう」

説明の間は見逃してくれていたのに、さりげなくレクシアス殿下と呼んだら突っ込まれた。そう、呼び方もいままでどおりでいいのね。馴れ馴れしいかと思っていたけど問題ないのね？

「わかりましたわ。レクス様」

その私の言葉で今までニコニコと笑っていたお祖母様、腹を抱えて笑っていたお兄様、頭を下げていたお父様、額に手を当てていたお祖父様がピシリと固まった。

え、私、なにか粗相をしたかしら？

いつもどおりにしたのだけれど、ダメだったのかしら？

「レクシアス殿下……それはどういうおつもりですかな？」

帝国統括騎士団長のお祖父様が、貫禄たっぷりの覇気（はき）を放ちながら立ち上がった。

「そうですわね、返答によってはこの公爵家の屋敷から帰せませんわね」

いつも温厚なお祖母様も、凍てつくような冷気をリアルに放っている。寒いですわ。

「まさか……僕の妹に帝国の第二皇子がちょっかいをかけるとか、ありえないなあ」

え？　お兄様の言っている意味がよくわかりませんわ。

「父親の私になんの話もないというのは、いささか順序が違うのではございませんか？」

ええ？　お父様までなにを言っているのかしら？　順序ってなんのことなの？

「その話もするつもりで来たのだ。時間をもらえるか？」

穏やかに微笑んだままレクス様が言う。よくわからないうちに、私はお祖母様に「お散歩でもしましょう」と庭へ連れ出されてしまった。

＊＊＊

「それで、レクシアス殿下。ギルティアに愛称で呼ばせる意味は当然ご存知ですな？」

ギルティアが部屋から出ていった後、俺は彼女の祖父と父と兄に囲まれて仇でも見るような目で睨まれている。こんな風に話を聞く前に突っ走るところが、ギルティアと同じで楽しくて仕方ない。

ギルティアに愛称で呼ばせる意味。カメロン王国にはない習慣だと思うが、マクスター伯爵は奥方から聞いているし、兄のシリウスは五年前から帝国に留学しているからそこで知ったのだろう。

カメロン王国に閉じ込められていたギルティアだけが、まだその意味を知らない。

「もちろん理解している」

カーペットに膝をつき、左手を胸に添えてマクスター伯爵に頭を垂れた。

帝国での正式な結婚の申し込みは、まず家長である父親に許可を取る。これで許可が下りれば、本人にアプローチできるようになるのだ。カメロン王国もこのあたりの作法は変わらない。

もちろん作法をすっ飛ばして最初からアプローチをかけるヤツもいる。だけどギルティアを確実に俺のものにするために、些細な言いがかりもつけられないくらい完璧にことを進めたかった。

俺はこの日を待っていたのだ。

「私、レクシアス・ハデス・ユークリッドはギルティア・エル・マクスターをただひとりの妻として迎え入れたい。お許しをいただけるだろうか？」

帝国式の挨拶など一生することはないと思っていた。だがギルティアが手に入るなら、いくらでも頭を下げてやる。それに側室なんていらないから、それも一緒に宣言しておいた。

「……ギルティアが望むのなら、反対はしません。ですが、その他にもうひとつ条件があります」

「条件とは？」

「レクシアス殿下、私はただの皇子に娘をくれてやるつもりはないのです」

ただの皇子では足りないか。それならば、皇太子か皇帝くらいでないとギルティアを妻にもらえないということだな？

「なるほど、わかった。この旅が終わったらすぐに取りかかる」

ギルティアを俺にくれるのなら、どんなことでもやってやる。

――国だろうがなんだろうが……どんなものでも手に入れる。

＊　＊　＊

私とレクス様はその日のうちに旅立つつもりだった。

でも八年ぶりの再会で積もる話がありすぎるとお祖父様に泣かれ、一晩だけお世話になることにした。

翌朝、次の街へと出立する。

しんみりしそうになる朝食の時間は、次の約束を取りつけて明るい空気に変えた。やっぱりできることなら笑顔で見送ってほしい。

「ギルティア、いつでもここに戻ってくるのだぞ！」

「そうよ、貴女は私たちのかわいい孫なのだからね」

お祖父様とお祖母様はうっすらと涙を浮かべながら、そう言ってくれる。

「ギルティア、私も今後の身の振り方を考える。お前にこんな仕打ちをする国には見切りをつけたよ。なにかあればファラル公爵家経由で知らせを送る」

「僕はこのまま帝都で暮らすことにした。困った時はいつでも力になるからな」

お父様もお兄様もそう言って優しくハグしてくれる。しばらく会えなくなるだろうけど、私の心は満たされていた。

「ありがとう。私は幸せ者ですわ」

今度は私が泣きそうになるのを堪えながら、別れの抱擁を済ませた。私にはやらなければならないお役目がある。

転移魔法を使うため、少し離れた場所に立った。

「さあ、レクス様、行きましょう」

「次はジョンクイルでいいか？」

「ええ、かまいませんわ」

刻み込まれた記憶は、私が最後の言葉を届けるために必要な情報を読み取れるようになっている。

事前にレクス様にお伝えしておおまかな計画を立てていた。

「帝都の南にある街だ。行くぞ」

「……はい。お願いしますわ」

また、あのやたら密着度の高い転移ですのね……！　いえ、これはお役目なのよ。いたしかたないのよ。待っている方がいるのだし、恥ずかしいから嫌だというのは私のわがままだわ。

レクス様が私を抱き寄せると、お父様が「おい、距離が近すぎるだろう⁉」と私と同じ疑問をレクス様に投げかけていた。

「ギルティア」

名前を呼ばれて見上げると、琥珀色の瞳に私が映っていた。想像以上の至近距離に、一気に顔に熱が集まる。耳までジンジンしておかしくなっていた。心臓も暴れるように激しく鼓動している。

なっ、なっ、なんですの――⁉

至近距離の美青年の破壊力はハンパないのよ⁉　うかつに名前を呼ばないでもらいたいわっ‼

転移する寸前に見えたのは、レクス様のとろけるような笑顔だった。


次に目を開けると、帝都より落ち着いた街並みが広がっていた。

それでもカメロン王国の王都と遜色ないくらい立派だ。ユークリッド帝国が栄えているのがよくわかる。

激しく鼓動していた心臓は、深い深呼吸を五回ほど繰り返してやっと落ち着いた。

「ここがジョンクイルの街だ。黄水仙が名物なんだ。一カ月後なら見頃だったんだけどな」

「それなら旅が終わって帰る頃には、ちょうどいいかもしれませんわ」

「そうか。じゃあ、また帰りに立ち寄ろう」

嬉しそうに笑うレクス様は、まるで無邪気な子供みたいだった。

え、やだ。なんだか、かわいく見えてしまったわ。いけないわね、疲れているのかしら。今日は早く寝ましょう。

気を取り直して心に刻まれた記憶を辿っていく。

『この指輪をナディアに……』

今回届ける魂の最後の言葉だ。

記憶を頼りに家を探し出すと、こぢんまりとした赤い屋根の一軒家があった。家人は留守のようで、物音ひとつしない。

「レクス様。こちらで間違いないのですが、お留守のようですわ」

「そうか、それなら出直すか。少し街に出て時間をつぶそう」

仕方なくレクス様と一緒に街へ戻った。中心地にはさまざまなお店が並び、賑わっている。

その中で一軒のパン屋が目に入った。そこそこ客が入っている店内で、ひとりの少女が私の瞳を釘づけにする。

心に刻み込まれた記憶の中で笑っていた、ナディアだ。

「ナディア……見つけた！　レクス様、見つけました！」

「本当か？　どこだ？」

「あのパン屋の、あ、今お会計が済んだみたいですわ！」

幼い少女は母親に手を引かれて、ニコニコと満面の笑みで店から出てきた。

この笑顔を奪ってしまう話を、私はこれから伝えなければならない。いつものことだけれど、胸の中に暗い闇が広がって私を引きずり込んでいく。

「ナディアちゃん……で間違いないかしら？」

「あの、失礼ですけど、どちら様ですか？」

見知らぬ他人に娘の名前を呼ばれ、母親が警戒心をあらわにして前へ出た。

よかった、この娘は大事にされているわ。それなら、きっといつか立ち直ってくれる。わが子を想う母親の愛に癒される。

「突然失礼いたしました。私はカメロン王国で浄化の聖女を務めていたギルティアと申します。今日はお伝えしたいことがあって、こちらにまいりました」

「え？　カメロン王国って……そんなところから？　浄化の聖女なんて初めて聞いたわ」

「それなら俺が冥府の森の管理者として、ギルティアの身元を保証する。カメロン王国では、浄化の聖女が魂を天上に還すのだ」

そう言って腰に佩いた剣に施されている帝国軍の紋章を見せると、母親はやっと信じてくれたようだった。

「そうですか……もしかして、主人のことでこちらに？」

「はい、ご主人様の最後の言葉を届けにまいりました」

母親はグッと唇を噛んで、あふれそうな感情に必死に耐えている。夫が騎士ということで常に不安を感じながらも、覚悟を決めていたのだろう。やがて潤んだ瞳を数度まばたきして、自宅へと案内してくれた。

広めのリビングはダイニングとひと続きになっていて、一角にはナディアのものと思われるおもちゃが積み上がっていた。転んでもいいようにだろう、ラグが三枚も重ねて敷かれていて、家中からナディアへの愛情の深さがうかがえる。

私たちは母親に案内されて、ダイニングのテーブルに腰を下ろした。

お茶を出してくれた母親にお礼を言った後、テーブルの上に空色の魔石がはめ込まれた指輪をそっと置いた。その指輪を見て、母親はふっと微笑み、一通の手紙を出してきた。

「これは……いつも遠征に行く前に書いていく夫の遺書です。危険な職だからと、残された私たちが困らないようにと用意してくれていました」

その遺書には帰還魔法の指輪を、ナディアに譲ると書かれていた。

「そうですか……だからご主人様はお嬢様にこの指輪を届けたかったのですね」

魔石はナディアの瞳と同じ空色で、帰還の魔法が込められていた。

「この指輪をナディアにと、それが最後の言葉でした」

最後の言葉とともに七色の魂は、この指輪を私に託したのだ。魂から記憶と言葉以外のものを受け取ることは普通できないのだけれど、魔法が込められていたからか、父の愛ゆえか、私の手に指輪はやってきた。

そしてやっとこの家に、愛する家族のもとに帰ってきた。

「ふふっ……あの人らしいわ。指輪だけ戻ってくるなんて……本当にうっかりなんだから……うぅっ」

母親は堪えきれなくなった涙を静かに流す。

私はギリギリと拳を握りしめた。顔にはニコリともしないと言われた、あの無表情を貼りつけたまま。

「お母さん、どうしたの？　ないてるの？」

母の異変に気付いたナディアが心配そうに寄り添った。

「ナディア……」

　母親は一度涙を拭き取って、ナディアに向き直る。そして紅葉のような小さな手を握りしめて、真摯に話し始めた。

「お父さんは、お仕事を立派にやり遂げたの。でも、もうここには帰れなくなって、だからこの指輪をナディアに残したの」

「え？　なんで帰ってこれないの？　だってやくそくしたのに!!」

「そうね、約束したわ。でもお父さんも頑張ったけど、どうしても帰ってこられなかったのよ」

「なんで……お父さんウソつき！　ううう……がえって、ぐるって……ひっく、やくそくじだ、のに！　ううっ……ウソつき!!　うわあああああん!!」

「うん、お父さんはうっかりだからねえ、指輪だけ帰ってきちゃったのよ……でもナディアにはお母さんがいるからね。お母さんがずっとそばにいるからね」

　母親はきつくナディアを抱きしめる。

　母親と幼い娘はふたりで抱き合って、その深い悲しみに涙を流した。

　私はいつも襲ってくる無力感に耐えつつ、静かに頭を下げてその場を後にした。あの母娘ならきっと大丈夫だと、ナディアにもあの騎士の気持ちが届くはずだと、そう願って――

　騎士の記憶が消え去る直前、あるビジョンが流れ込んでくる。高濃度の魔力の影響なのか、ほんの一瞬だけど十年後の未来が見えた。

　空色の魔石の指輪をつけた女性騎士がレクス様の部下になり、父のような立派な騎士になると笑みを浮かべている。

気高く凛々しい空色の瞳は、まっすぐに前を向いていた。


一旦街に戻り、宿を取って翌日に次の街へと移動することにした。

レクス様は宿についてからあれやこれやと世話を焼いてくれている。

胸に渦巻く感情が霧散してしまうほど、レクス様が優しい。

今日もいつもの無力感に落ち込んでいたら、レクス様がメロンタルトを買ってきてくれたのだ。

その後も宿の女将さんに言って、私が好きな花を湯船に浮かべてくれたり、夜ひとりで夜空を眺めていたらそっと寄り添ってくれたり。

一夜明けて宿の女将さんに挨拶したら、

「アンタめちゃくちゃ愛されてるね！　幸せ者だね～」

とホックホクの笑顔で言われた。

愛されているわけではないと思うけれど、とても大切にしてくれているのはよくわかっている。

もしかして屋敷に軟禁されていた時も、レクス様なりに大切にしてくれていたのかしら？　あの時と同じなのよね……その、甲斐甲斐しさが。

ほんの少し誤解していたのかもしれないわ。

「ギルティア？」

「あ、そうでしたわね。ごめんなさい、少しボーッとしてしまって……」

いけない、レクス様のお顔を見ていたら思わず考え込んでしまったわ。これからの予定を話していたのに、失礼な態度だったわね。

「疲れているならもう一泊してからにしよう。急ぐことはない」

「えっ……急がなくていいのですか？」

「ああ、役目が大切なのもわかるが、俺はギルティアの心や身体の方が大切だ」

目から鱗だった。

急がなくていいなんて、初めて言われた。いつもどんな時も次の討伐が迫っていたから、死に物狂いで最後の声を届けていたのに。

「まさか……急がなくていいなんて……」

「どんな環境だったのか想像できるけど、今はギルティアの好きにしていいんだ」

好きにしていい？　好きにしていいですって⁉

急にそんなこと言われても、全然、まったく、なにも思いつかないわ‼　わりと好き勝手やってきたつもりだけれども、まだ足りないのかしら⁉

「……では、カメロン王国に戻ります」

「は？」

一瞬で空気が凍てついた。

「そろそろ一週間が経ちますでしょう？　私は早くあの子に最後の言葉を届けたいのです」

「ああ……そういうことか」

途端に凍てついた空気が溶けていく。

言葉選びって大切よね、としみじみ思った。それに心に浮かんだ想いは、口にしなければ伝わらない。

「でもレクス様に急がなくていいと言われて、とても心が軽くなりましたわ。ありがとうございます」

「いいんだ、辛くなったらいつでも言え」

そう言って耳まで赤くなっているレクス様が、やっぱりかわいらしく見えた。


次はカメロン王国の王都に行く予定だ。そこであの子の憂いを晴らして、魂の記憶で見たあの笑顔を見せてほしい。ところが準備のために一度ユークリッド帝国の帝都に戻ると、エイデンがレクス様を待ち構えていた。

「レクシアス様、ご報告があります」

「エイデンがここにいるということは、ロクな報告じゃないな」

エイデンがそっと耳打ちすると、レクス様がめずらしく舌打ちした。

「ギルティア、すまない。こちらの手違いでカメロン王国の王都へ行く準備がまだ整っていなかった」

「そうですか……なにかありましたの？」

「ああ、俺が妾の子だから嫌がらせで誰かが手を回したんだろう。希望に添えず、すまない」

「そういうことでしたらレクス様が謝罪する必要はありませんわ。それでは他の街から回りましょう」

「本当にすまない。王都は無理だが、国境沿いのリンクデールなら捜索の手は緩いだろうから、情報収集も兼ねてそちらに行こう。エイデン、準備ができたら知らせを頼む」

「承知しました」

帝国でも貴族の間ではいろいろとあるらしい。どの国も一緒だ。

計画を変更してカメロン王国の西に位置する小さな街、リンクデールへ向かうことにする。

「ギルティア、準備が整ったらすぐに王都へ向かう。だが、難しい場合はシャムスが先になってしまうがいいか？」

「ええ、かまいませんわ。レクス様、ありがとうございます」

私を尊重してくれるレクス様の心遣いが嬉しい。

いつものようにレクス様の転移魔法でほんの少し目を閉じているだけで、景色が変わった。

赤い屋根に白壁の建物が並ぶ街並みは、リンクデールの大きな特徴だ。市場に並ぶ食材も、いろいろな国のものが集められていた。

ここなら王都から遠く離れているし、国境沿いにあって人の出入りが激しいから捜索の手も及ばないだろう。遠征でこの街を訪れたことはあったけど、顔見知りといえば宿屋の主人か街を守る騎士くらいだ。

「万が一、ギルティアのことを知っている人に会うと面倒なことになるから、調査は俺に任せてくれないか？」

「ここは王都から離れてますし、大丈夫ではないかしら？」

「いや、手配書が配られている可能性もある。騎士に見つかったら認定聖女に戻されるだろう。今オスカルに調査させているが、念のため隠れていてほしい」

まさかこんな国境近くの街まではと思いつつ、あまりのレクス様の気迫に負けた。

「わ、わかりましたわ。では該当のご遺族が見つかったらお知らせください」

レクス様の指示どおりモスグリーンの長いローブを羽織って足もとまで隠し、顔や髪が見えないようにフードも目深にかぶった。

宿屋の受付ではレクス様の後ろに隠れて、ひと言も話すことなく部屋まで行く。案内してくれた宿屋の主人が出ていってから、やっとローブを脱ぎ捨てた。ちょっとした解放感を味わっていると、時計の針が昼食の時間を指していることに気が付いた。

あら、大事なことを忘れていたわ。

「レクス様……私、食事はどうしたらいいのかしら？」

「大丈夫だ、俺が用意する。ああ、便宜上、俺たちは夫婦で、ギルティアは極度の人見知りという設定だからな。話を合わせてくれ」

「ふっ！　夫婦!?」

「そうだ、当然だが部屋も一緒だ。昼は腹が減ったらこれを食べていてくれ。夕食までには一度戻る」

なにか言う前にレクス様は私の昼食をテーブルに置いて、転移魔法で姿を消してしまった。

ちょっと待って。夫婦ですって⁉　しかも、へ、へ、へ、部屋も一緒ですって⁉　さすがにそれは、やりすぎではないのかしら⁉

だってベッドはひとつよ⁉　あ、ソファがあるわね。……そうね、私がソファで眠れば問題ないかしら？

そんなことを考えていたら、レクス様が帰ってくるまであっという間だった。

夕日が街の時計台の陰に隠れた頃、突然レクス様が部屋に現れた。

「ギルティア、わかったぞ」

私が渡した情報は母親の名前、それから三年前に家を出た息子がいるということだけなのに、仕事の速さに驚く。ただ、レクス様の表情がいつもより暗い気がした。

「えっ！　もうわかったのですか⁉」

「ああ、オスカルは諜報活動が得意なんだ。そうだ、ギルティアの手配書も配られていたから、この部屋からひとりで出ないでくれ」

結局のところ最後まで極度の人見知りを装（よそお）うことになった。

「それなら仕方ありませんわ。オスカルも調べてくれたのですね」

「ギルティアのためと言ったら、張り切って調べていたぞ。夕食前だが……行くか？」

「はい、お願いしますわ」

レクス様の転移魔法でやってきたのは、墓地だった。長方体のものや上部がアーチ形になっているもの、十字型のものなどさまざまな形の墓が並んでいる。

その中のひとつにシンプルな長方体の、真新しい墓石があった。レクス様がその墓石の前に立つ。

「ここだ」

墓石の前に置かれていた花束は枯れ果て、強く吹きつける風にカサカサと音を立てて揺れていた。

――間に合わなかったわ。

「二カ月前に流行病で亡くなったそうだ。家には別の人が住んでいた。親しかった隣人に、もし息子が帰ってきた時に自分が死んでいたら、墓の場所を伝えてほしいと頼んでいたそうだ」

「……そうですか」

どうして、私はこんなに無力なのかしら。

そう思いながら墓石を見つめていると、虹色に輝く魂がふと視界の隅を横切った。墓石の周りをぐるぐると回っている。

「貴女がスザンヌ？」

そう呼びかけると、それは私の視線の高さにフワリとやってきた。

「貴女のご子息様から最後の言葉を預かってきたの。伝えてもいいかしら？」

七色の魂はゆっくりと頷くように揺らめく。

『母さんに、ありがとうって言いたかった』

心に刻まれた、彼の言葉がよみがえる。彼は後悔していた。親子喧嘩の果てに家を出て、それから三年間も連絡を取らずにいたのだ。

家を出てすぐに母の愛の深さに気が付いたものの、なにをどう伝えたらいいのかわからなかった。最後にようやく自分の気持ちを理解したのだ。

「『母さん、ありがとう』、これが最後の言葉よ」

七色の魂から声が届く。

『あの子が……本当に意地っ張りなんだから。仕方のない子ね。息子の声を届けてくれて、ありがとう』

そう言うと、七色の魂は天高く昇っていった。

きっとご子息様が心配でこの世にとどまっていたのだ。魔物になってしまう前に届けられて本当によかった。

「レクス様、間に合いました。ちゃんとお母様に最後の言葉を届けられましたわ」

「そうか、では宿屋に戻ろう。夕食の時間だ」

ほんの少しだけ軽くなった心で、レクス様の胸にそっと寄り添った。

いつのまにか、この温もりが心地よくなっている。転移魔法ですぐ宿屋に着いてしまって、ほんの一瞬だけ残念に感じてしまった。

だけど、その後どちらがソファで寝るか争いが勃発したのは、言うまでもない。

次の目的地は準備がまだ整っていないのと、私の手配書が配られていたので南の国シャムス王国になった。最初に冥府の森を抜けて、逃げ込もうと思っていた国でもある。

『僕を忘れて、どうか幸せになってほしい』

届けるのは、まだ年若い優しそうな兵士の魂から聞いたこの言葉だ。

「次はシャムスだな？　ギルティアが行きたがっていた国だな。俺と一緒ならいつでも連れていってやる」

「……ありがとうございます。ではお願いしますわ」

くっ、やっぱり、いやらしくニヤリと笑うレクス様から逃げたいわっ!!　私これでも大人なのよ!?　子守りの必要なお子さまじゃないのよ!!　昨夜も結局、ソファを使ったのはレクス様だし!!　骨の髄まで甘やかされすぎて、腐りそうだわっ!!

転移の瞬間にレクス様の琥珀色（こはくいろ）の瞳を見ると、穏やかな熱を込めて私を見つめていた。

こんな温かい時間ばかりだったから、私はいつのまにか無防備になっていた。最後の言葉を届ける時に、鋭い棘を受けることもあるということを忘れてしまっていたのだ。

南の国シャムスに着くと、目的の女性はすぐに見つかった。王都の外れに家族と一緒に住んでいて、記憶のとおり水色の長い髪がとても美しい女性だった。彼女の姉も一緒に話を聞いてくれている。

「あの人を忘れて幸せに……？　ははっ、なにを言っているの？」

最後の言葉を届けた女性は、クシャリと髪をかき乱した。

「帰ったらプロポーズするって言っていたのよ⁉　どうして！　どうして彼のことを助けてくれなかったの⁉　そんな風に声が聞こえるなら、なんとかしてよ‼　今すぐ彼を返して‼　返して‼　いやああああ‼」

私はなにも答えられなかった。

彼女の魂からの叫びに、なにもできなかった。ただ表情を固めて、なんでもない風を装うことしかできない。

私が泣くわけにはいかない。なによりも悲しいのは、この方なのだから。どうか彼の言葉が、いつか彼女の心に届きますように――

そうやって祈ることしかできない自分は、本当に無力だ。

いつもすべてが終わった後でしか行動できない。

今までにぶつけられてきた、悲しみに暮れた人々からの言葉がフラッシュバックする。

『なんでウチの息子が死んだなんて言うの‼　帰って！　帰っておくれ‼』

『なんだよ、真っ黒い服を着て葬式のつもりか⁉　そんなにあいつが死んだって言いたいのか⁉』

『ねえ、どうして貴女は無傷なの？　どうしてウチの人が死ななきゃならなかったの⁉　ねえ！どうしてよ‼』

どうしようもないほど、私は無力だ。

もしかしたら最後の言葉なんて伝えない方が、この人たちは幸せだったのかもしれない。いつかあきらめとともに現実を受け入れられたのかもしれない。

泣き崩れる彼女をそっと抱きしめたのは彼女の姉だ。

「ごめんなさいね、ふたりはとても愛し合っていたの。後は大丈夫だから、どうかそっとしておいて」

私は深くお辞儀をしてその場を後にした。

その後は感情が外に出ないように、いつもの無表情を貼りつけてフラフラと歩き続けた。なにも考えず、ただ道を進んでいく。どこをどう歩いてきたのか、目の前には大きな海原（うなばら）が広がっていた。

繰り返す波の音が心地よくて、砂浜に腰を下ろす。ドレスが汚れるのも気にせず、青と白で描かれる波模様を見ていた。レクス様はなにも言わずに、ずっとそばにいてくれる。それがとてもありがたかった。

前はどうしていたっけ……？　どうやってこの無力感を受け流していたのかしら？　ダメね、すっかりレクス様に甘える癖がついているわ。

あ、そうだわ。こういう時、たまにやっていたことを思い出したわ。

「レクス様、今日はここで野営しませんか？」

「ギルティアがそうしたいなら、付き合うぞ」

「ふふっ、ありがとうございます。私、これでも野営は得意なのです。テントも道具もありますから、ご安心くださいね」

「食料や飲み水はどうする？」

「非常食でよければ準備がありますわ。完璧でしょう？」

「さすがギルティアだな」

私はマジックポーチからテントを出して、慣れた手順で野営の準備を始めた。レクス様も慣れているようで、あっという間に食事の用意まで済んでしまう。ふたりで並んで炎にあたりながら、レクス様の特製シチューを頬張った。非常食を材料にしてこんなものを作れるなんて……

「すごいですわ。レクス様は野営も得意なんですのね！」

「これでも騎士だからな、これくらいは余裕だ」

「そうですのね……私が作るより美味しくできているのが納得できませんけど……まあ、いいですわ。次回リベンジしますわ」

「それなら、次は冥府の森で野営だな」

「まあ！　それなら食料は現地調達できますわね？　ぜひ食べてみたい食材がありますの！」

シチューを食べ終えても、レクス様と穏やかに話すことができている。

私はやっと心の柔らかい場所に受けた棘を隠すことができた。ここまでできれば、後は時間が過ぎるのを待つだけだ。いまだに血を流している私の心が癒えるまで、しばらくかかる。

「ギルティア」

レクス様が転移魔法の時のように抱きしめてくる。

わけがわからないけれど、振り解く気にもならなくてされるがままになっていた。

「無理しなくていい。ギルティアのせいじゃない。世の中にはどうにもならないことも、たくさんあるんだ」

「……でも、私は無力ですわ。すべてが終わった後に伝えることしかできませんもの」

いつもはこぼすことのない本音がポロリと出てしまった。

いけない、こんなことレクス様に話してもどうにもならないのに。

「無力じゃない。俺は確かに最後の言葉に……ギルティアに救われた」

「え……？」

「覚えていないと思うが、ギルティアには前に一度会っているんだ。その時に俺は君に救われた。今の俺があるのは、ギルティアのおかげだ」

どうしましょう……まったく記憶にないのだけど!!　えーと、えーと、いつ頃の話かしら？　浄化の聖女になってから？　その前かしら？

「ふっ、忘れててもいいんだ。でもギルティアは無力じゃない。それは俺が保証する」

「レクス様……」

「たとえ自分が傷ついたとしても、死者と遺族のために奔走するギルティアを俺は見てきた。ギルティアはよくやっている」

ポロリと雫がこぼれ落ちる。

本当にレクス様は私に甘すぎる。こんな風に優しく認められたら、私は貴方なしではいられなくなってしまうじゃないの。

「ギルティアは十分すぎるほど、よくやっているよ。頑張ったな」

耳もとで聞こえる穏やかな優しい声に、堪えきれなくなった涙がボタボタとこぼれ落ちていく。

聖女になってからひたすら魔物を浄化して、最後の言葉を届け続けた。

黒いドレスが不気味だと言われ、死神聖女と呼ばれてきた。元婚約者には他に好きな女ができたと婚約破棄され、死ねと言わんばかりに危険な森に捨てられた。

こんな私でもレクス様はちゃんと見てくれた。

頑張ったと言ってくれた。

「レクス様……私、私……」

「うん、大丈夫だ。今は我慢しなくていいから、俺に甘えてくれ」

「ふっ……ぅゔっ……ゔゔ、私すごく、頑張ったのでず。一生懸命やっだのでず……！」

「うん、わかってる」

レクス様が私の頭を優しく撫でてくれるのがとても心地よくて、やめないでほしいと願っている。

今までは、ひとりでどうにかしていたのに……レクス様が隣にいてくれるだけで、こんなにも心が落ち着いていく。血を垂れ流していた心の傷は、いつのまにかカサブタができて取れかかっていた。

こんなに優しく甘やかしてくれるなんて。どうしよう、もうレクス様から離れられない。

「お願い……私から、離れないで……」

そう言った後の記憶はなかった。

いつのまにか眠っていたようだ。

テントに差し込む太陽の光で意識が覚醒していく。まぶたを開けると、目の前にグレーの布が見えた。

規則的に動く淡いグレーの布は見覚えがある。ボーッとした頭で、まずは起き上がろうとしたけれど身動きが取れない。だんだんと覚醒する頭で現状を把握した。

まさかと思い視線を上げると、長いまつ毛に覆われた形のいいまぶたがあり、スッと伸びた鼻は高く、うっすらと開いた唇は色気さえ放っている。

そのガッチリとした肩から伸びた逞しい腕は、私の身体をしっかりと抱き込んでいた。

えっ！　えええええ!?　な、なんですの、この状況は!?　だっ、抱き枕ですの!?　私は抱き枕になっているのかしら!?

しかも目を閉じていても美しいって、どれだけ美形なんですの!!　心臓に悪すぎるわよ!!　さらに私より色っぽいって!!　完全に負けてないかしら!?

パニックのあまりジタバタと暴れていたら、レクス様にさらにきつく抱きしめられた。頭まで押さえつけられて、一ミリも動けない。もう限界だった。

「ぎゃあああああっ!!」

「っ！　どうした魔物か!?」

朝っぱらから絶叫した私は、飛び起きたレクス様を思わず突き飛ばした……つもりだったのに、伸ばした腕はたやすく捕らえられてしまった。

「ギルティア？　大丈夫か？　顔が赤いけど熱でもあるのか!?」

「ちっ、違いますわ！　レクス様が近すぎるのです!!」

「ああ、いや、すまない。ギルティアが離してくれなかったから……その、俺は嫌ではなかったんだが……すまない」

どうやら、私のしくじりのようだ。勘違いとはいえひどい対応をしてしまった。

「そうでしたの……大変ご迷惑をおかけして申し訳ありませんでした……」

いくら弱っていたからといって、これはないですわ――!!

自分自身に突っ込まずにはいられなかった。

＊　＊　＊

目の前にいるかわいい生き物は、俺の愛しい人ギルティアだ。ちょっとした事故のようなもので俺の腕の中で夜を明かしたのだが、目を覚ましたら真っ赤になって謝罪し始めた。

まさか旅の間にこんなかわいいギルティアを堪能できるなんて思っていなかった。あの時迷わず共に行くことを決断した自分を心から褒めてやりたい。あれは冥府の森の魔物が綺麗さっぱり浄化され、ギルティアを連れて屋敷に戻ってきた時のことだ。

「レクス様。今回の魂の浄化でやらなければならないお役目ができましたの」

そう切り出したギルティアは、魂の最後の言葉を届けるために複数の国を回ると言う。

俺はついていくことを即決した。こんな愛らしいギルティアをひとりで外に出すなんて正気の沙汰ではない。

なんとか首尾よくふたりだけの旅に持っていくことができた。エイデンには少々負担をかけるが、しばらくは魔物の討伐がないのだから問題ないだろう。

カメロン王国にいるギルティアのご家族にも、帝都にある母君の実家を通して現状をお伝えしていた。運のいいことに帝都に来ているそうなので、面会の約束も取りつけておいた。

そうして挑んだ最初のお役目で、俺はギルティアに惚れ直すことになった。

老朽化した教会に住んでいた女性を保護しようとしたが、俺の話の進め方が悪かったのか拒絶されてしまった。それなのに、サラッと流して礼まで言ってくれた。

天使か？　女神か？

もうあれだ、今すぐ妻にしていいか？

その神々しくも柔らかい笑顔にやられて、直視できなくなった。俺のギルティアが素晴らしすぎて、どうしたらいいのかわからない。

俺は日々募っていく暴走しそうな想いを、ギルティアに嫌われたくない一心でなんとか堪えていた。

ギルティアをご家族に会わせたら、とても喜んでいた。ギルティアが愛されているのがよくわかる。落ち込んでいたのも少し回復したようだった。ひと安心だ。

話の流れで、スムーズに俺からの婚約の申し込みもできた。条件さえ満たせば認めてくれるつもりらしい。

ギルティアを俺のものにできるなら、どんなことでもやりとげてみせる。

一日も早くギルティアを俺のものだと周知したいので、ふたりで旅をしながら条件をクリアするために手を打った。エイデンをはじめ、俺の部下ならこれくらい余裕だろう。

それから転移魔法の時にいつも無表情だったから、俺と触れ合うのが嫌なのかと思った。視線も合わないので、どんな様子か確認したくて名前を呼んだ。

「ギルティア」

視線が合った途端みるみる真っ赤に染まっていく頬は、果実が熟れていくのを早送りで見ているようだった。

嫌ではなくて、恥ずかしかったのか。そう思ったら、俺も男として意識してもらえているのかと嬉しくて、思わず感情を隠さずギルティアを見つめてしまった。

油断すると終始緩みっぱなしになる顔をなんとか引き締めて、名残惜しくもそっとギルティアを解放した。

旅に出てから一週間が経つ頃、いよいよカメロン王国に入国するべく帝都に戻ってきた。

カメロン王国へ問題なく入国するための準備をしていたのだが、それを知った俺の兄たちから妨害されたとエイデンから聞かされた。俺が妾の子だからか、兄たちは気まぐれに嫌がらせをしてくる。

できる限り早くカメロン王国の王都に行きたいと話していたギルティアの希望を叶えてやれなくて、本当に情けなかった。やっぱりあのクソ兄貴どもは処分するかと考えていた時だ。

「そういうことでしたらレクス様が謝罪する必要はありませんわ。それでは他の街から回りましょう」

ギルティアは怒るどころか、なんてことないように笑顔でそう言ったのだ。

天使だ。いや女神だ。間違いない。

二度目の失敗にもかかわらず許してくれる心の広さに、俺は惚れ直した。

だけど、そんな俺の浮かれた気持ちと反比例するように、ギルティアはどんどん笑わなくなっていった。

冥府の森で再会してから、いや、子供の頃から見ても、格段に表情を失っている。最後の言葉を届けるお役目が、遺族の言葉がギルティアの優しい心に深く突き刺さっている。


そんな旅のある日の夜、ギルティアと激しく衝突した。

「ダメだ、俺がこっちで寝る」

「いいえ、私がソファで寝ますわ！　レクス様は身体も大きいのですから当然ですわ!!」

「あのな……その前に俺は騎士だし、なによりギルティアにそんな真似させられるか」

「ですから！　私は気にしないと言っているではありませんか！」

……言っても引かないな。仕方ない、あの方法しかないか。

「それなら俺と一緒にベッドで寝るか、ひとりでベッドに寝るか好きな方を選べ」

「なっ、なんですって⁉　その選択肢はズルいですわ……！　レクス様こそ、私と一緒に寝るか、ひとりでベッドに寝るか選べますの⁉」

なんて愚問だ。考えるまでもない。

「ギルティアと一緒に寝るに決まっているだろう」

「くっ……ま、負けを認めますわ……！　私がひとりでベッドに寝ますわ」

ブツブツ言いながらも、素直にベッドに寝るギルティアがかわいくて仕方なかった。やがて規則的な寝息が聞こえてくる。

やっと感情を表に出したギルティアが見られた。いつも、ああやって感情を抑えてひとりでやり過ごしていたのか？　俺がそばにいれば、そんなことさせなかったのに。

あの時、あきらめなければよかった。

どんなにもがいても誰を敵に回しても、ギルティアをあきらめなければよかった。

「ギルティア……もうひとりで泣かせないから」

深く眠るギルティアのこめかみに、そっとキスを落とした。

これは、俺だけの秘密の誓いだ。情けなかった過去の自分を戒(いまし)めるための、俺だけの誓い。

だけど、その次のお役目でギルティアの心はさらに傷ついた。

「今すぐ彼を返して!!　返して!!　いやあああああ!!」

なんとかしてやりたくても遺族の前だし、きっとギルティアがそれを望んでいない。こんなことになっても役目を果たそうとするギルティアの矜持を尊重したかった。

海辺の街にあった遺族の家を出て、ギルティアはふらふらと歩き続ける。

俺はただそっと寄り添った。こんなにもそばにいるのに、なにもできない自分がはがゆい。でも決してギルティアをひとりにはしない。その決心は変わらなかった。

できるならギルティアが遺族に最後の言葉を伝える際、傷つかないようにしたい。まずは徹底的に周知して、浄化の聖女から最後の言葉を受け取るのが幸運だと民に思わせるか？　そこまで意識改革をするためには、なにが必要だ？

今の俺では立場も権力も足りない——もっと絶対的な存在となる必要がある。

考えついた内容はマクスター伯爵からの条件クリアにもちょうどいい。

見出した解決の糸口を元に今後の計画を立てていると、ギルティアがやっと口を開いた。

「レクス様、今日はここで野営しませんか？」

「ギルティアがそうしたいなら、付き合うぞ」

そうしてふたりで野営の準備を始めたのだが、まず、ギルティアの年季の入った野営の道具に驚いた。確かに準備も段取りがいいし慣れている。きっと火を熾すのも、サクッとできるんだろう。

そこは俺の見せ場だから譲らなかったが。

ギルティアの持っていた非常食で煮込み料理ができそうだったので、エイデンに教えてもらったシチューを作った。自分より美味しいと悔しがるギルティアがかわいかった。

でも、わかるんだ。

無理しているって、わかるんだ。

もういいだろうか？　ここなら誰もいない。俺とギルティアだけだし、もう甘やかしてもいいだろうか？

「無理しなくていい。ギルティアのせいじゃない。世の中にはどうにもならないことも、たくさんあるんだ」

ギルティアを抱きしめてそっと囁いた。すると堤防が決壊したみたいに、ギルティアの感情があふれだす。

「ギルティアは十分すぎるほど、よくやっているよ。頑張ったな」

俺はギルティアを見ているよ。

君がどんなに努力家で、どんなに高潔なのかわかっている。

だからこそ、こんなにも愛しいんだ。愛してやまないんだ。

ボロボロと大粒の涙を流して泣きじゃくったギルティアは、そのまま目を閉じて眠ってしまった。

「お願い……私から、離れないで……」

こんな言葉を残して。

ギルティアの身体は力なく俺にもたれかかっている。

これは……!!　なんという試練なんだ……!!

蛇の生殺しでも生ぬるい。俺がどれだけギルティアを望んで、我慢しているか知っているのか？

それをわかったうえで耐えてみろと、そう言うのか？　神よ。

……くそっ、普段信じてもない神に愚痴ってしまった。

ギルティアの細くて柔らかい身体をしっかりと抱きしめて、目の前にあるテントの中に転移魔法で移動する。フカフカのキルティングの上に寝かせたが、ギルティアの右手が俺の上着を掴んで放さない。

非常に、非常に嬉しいがっ……！

ギルティアがかわいすぎるだろう⁉　寝ているのに放してくれないとか、もうこのまま俺のものにしたらダメだろうか？

いやいやいやいやいや、そんなことしたら、一生口をきいてもらえなくなる。却下だ。

はあああああああ……それにしてもギルティアが愛しすぎてつらい。

よし、煩悩を打ち消すために新しい魔法を構築しよう。そうだな、カメロンの第三王子を蹴散らす魔法とかいいな。

ついでだから、カメロン王国ごと吹き飛ばせる魔法も考えるか――

ギルティアを抱き寄せながら、俺はひと晩中魔法を構築していた。ほんのりと空が白み始めた頃、ようやく眠りにつく。

もちろん、しっかりとギルティアの寝顔も堪能した。実に有意義な最高の一夜だった。

＊　＊　＊

婚約者であり認定聖女となったミッシェルとともに、私は第三王子としての役目を果たすべく騎馬で魔物討伐の最前線へと向かっている。

「ブランド殿下、もう間もなく前線に到着いたします」

私のそばに控えていた王国軍の騎士が、わざわざ声をかけてきた。

「それくらい私にもわかる！　それより母上とミッシェルを乗せた馬車は、遅れずについてきているのだろうな？」

「失礼いたしました。馬車は問題なくついてきております」

まったく、なぜミッシェルと母上が馬車で、私がひとりで馬に乗らねばならんのだ。第三王子である私が馬車での移動であろう！　母上の指示とはいえ納得がいかん!!

私はここ三週間ほどイラつきっぱなしだった。

物事がまったくうまく運ばない。ギルティアを追い出すまでは順調だったのに、その後が予想と違うことばかりだった。

なんなのだ、どいつもこいつも使えない奴らばっかりだ！

父上はいまだギルティアに固執しているし、兄上たちは認定聖女の義姉上たちの尻に敷かれてなにもできない。母上はミッシェルのもとに毎日通って訓練を指導して、私もこうして最前線に向かう羽目になっている。

ミッシェルを婚約者にしたというのに、母上がべったりついて訓練しているから、会うこともままならない。ピンクブロンドの髪と水色の瞳は私好みで、ようやく正式に婚約者にできたのに、これでは意味がない。

破魔（はま）の聖女は気が強くて怖い女だし、守護の聖女は微笑んでいるのになにを考えているのかわからない。

本当に私は周りに恵まれていない。昔はもっと周りの人間がまともだったのに、年々ひどくなっていく。いったいなんなのだ!?

道中はそんな風に考えていた。


最前線に近づいたので馬を降りてさらに足を進める。この丘の向こうが魔物が押し寄せている最前線で、破魔（はま）の聖女と守護の聖女は三日前から戦闘を始めているらしい。

丘をのぼり視界に飛び込んできたその光景に、身動きができなくなる。

なんだ、ここは!?　なぜこんなに魔物がいるのだ!?　魔物の数が異常だ!!　こんな数を討伐できるわけがない!!

目の前に広がるのは、何百体ものアンデッドモンスターの群れだ。

破魔（はま）の聖女が紅蓮（ぐれん）の魔法で魔物を蹴散らし、守護の聖女が青い壁の結界を張っている。他にも精鋭の騎士たちや、聖女の魔法に目覚めた者たちが数でカバーしていた。

後方からは魔法の得意な者たちが、補助魔法や広範囲魔法で支援している。

「なっ、なんだ、あれは……!?　あんな巨大な魔物なんて見たことない!!」

「ブランド、あれはグレートマミーよ。あれくらいで驚いていては最前線（ここ）では生き残れないわ」

包帯に覆われた巨大な魔物に慄（おのの）いていると、母上が後ろから声をかけてきた。ミッシェルもその横に立っている。

「王妃様、わたくしはお義姉様（ねえさま）たちのもとに行ってもよろしいですか？」

「ミッシェル、今日はブランドの隣にいなさい。この子に教えることがあるの。ブランド、自分の身は自分で守れるわね？」

「当然です！　私だって戦えます！」

「かしこまりました、王妃様」

そう言うとミッシェルは、聖女の特別な魔法を使い始めた。魔法を使う間は無防備になるから、騎士たちと私でミッシェルと母上を守るのだ。

「天上の誄歌（るいか）、紫苑（しおん）」

「葬送の白百合（フューネラル・リリー）！」

ふたりの浄化の聖女によって、討伐された魔物の魂が次々と浄化されていく。いつ見てもミッシェルの浄化の魔法は美しいと思う。

「ブランド様！　魔物が来ています！」

「なにっ！　よし、任せろ!!」

私はいつものように、向かってくる魔物に対峙した。魔力増加の効果がある魔石剣を構えて、切りかかる。

「ていやっ！」

『グギャアア!!』

あっさりと一体目の魔物を倒すと、すぐにミッシェルから声がかかった。

「次も来ていますわ!!」

「くっ！　死角からか！」

それでも刃を返しながら切りつけ、一撃で倒した。

いつもなら、このあたりでミッシェルが私を褒めちぎり、いい雰囲気になるところだ。

「ブランド様！　油断は禁物です！　魔物が次々に向かってきていますわ!!」

「なんだと!?　くそっ、キリがないではないか!!」

その後もひっきりなしに魔物に襲われ続け、どんどん余裕がなくなっていく。もう剣に込める魔力もわずかになってきているのに、魔物が引かない。

ミッシェルは魂の浄化ばかりで、戦闘の役に立たんではないか！　いや、待てよ。ギルティアができるのなら、ミッシェルも浄化の魔法で魔物の討伐ができるのではないか？

「ミッシェル!!　お前も魔物を討伐するのだ!!」

「そんなことできませんわ！　浄化の魔法で魔物を倒すなんて、無理です！」

「私の魔力が尽きそうなのだ！　ギルティアができたのなら、ミッシェルもできるはずだろう!?」

「む、無理です!!　ブランド様、なんとか魔物の討伐をお願いします！」

「ええい、うるさい！　私に指図するな!!」

魔物を倒しながらも危機的状況は変わらず、私は焦りからミッシェルを怒鳴りつけた。

「ブランド、いい加減になさい!!」

「グハッ!!」

突然後頭部に激痛が走り、そのまま膝をついて倒れ込んでしまった。

一瞬、魔物にやられたのかと思ったが、私を守る騎士たちが魔物たちを塞き止めている。

後ろを振り返ると、母上が握り拳をブルブルと震わせ、私を怒りの眼差しで見下ろしていた。

ミッシェルは青を通りこして白い顔になり、ガクガクと震えている。いったいなんなのだ!?

「グダグダとうるさいのはお前です!!　さっさと魔物の討伐をしなさい!!」

「は、母上……？」

状況からするに、私は母上に殴りつけられたようだった。

生まれてこの方、父上にもぶたれたことがなかったのに。母上が……あんなに優しかった母上が私に手を上げたのだ。

「まだわからないの？　魔物を討伐なさい！　今すぐ!!」

「はぃぃぃぃぃ!!」

人生最大の衝撃を受けたが、母上の聞いたこともない怒声に反射的に立ち上がり死に物狂いで剣をふるった。

「ミッシェルは浄化よ!!」

「はい、王妃様!!」

ミッシェルは母上に指示されたとおり即座に浄化を始める。あんな風に激怒した母上は生まれて初めて見た。いつも淑女の見本のように穏やかに微笑んで、優しく名を呼んでくれていたのに。

母上は……どうしてしまったのだ⁉

「青蘭の聖域（せいらん サンクチュアリ）！」

「紅焔曼珠沙華（こうえん アマリリス）!!」

もう限界かと思う頃、目の前に青い壁が現れた。次に俺たちに襲いかかっていた魔物たちが、真っ赤な血のような華とともに炎に包まれて消えていく。

「天上の誄歌（るいか）、紫苑（しおん）！」

「葬送の白百合（フューネラル・リリー）!!」

まさか、あれだけいた魔物たちを、もう倒してきたのか⁉

「遅くなってごめんなさい！　間に合ってよかったわ」

青い聖女の服に身を包んだマリッサ義姉上（あねうえ）が、ホッとした様子で駆け寄ってきた。その後に赤いジャケットと黒いパンツの聖女の服を着た、シーラ義姉上（あねうえ）がやってくる。

「ブランド殿下がいるのに、まさか終わっていないとは思わなくて……もっと急げばよかったわ」

その言葉に思わずカッとなって言い返した。

「シーラ義姉上（あねうえ）、まるで私が役立たずだと聞こえますが⁉」

「ブランド」

ところが私に反論したのは、母上の地の底を這うような低い声だった。

「『まるで』ではないわ。正真正銘、役立たずだったのよ。明日からは貴方もミッシェルと一緒に鍛錬するわ」

「えっ、いや、母上……それは大丈夫です」

「ブランド、決定事項よ。お前に拒否権はないわ」

なぜ……なぜ、こうなるのだ!? 私はただ、儚くてかわいげのある婚約者がほしかっただけなのだ――!!

第五章　聖女たちの絆

今、私とレクス様は冥府の森の南に位置するシャムス王国に来ている。

大変気まずい朝をやり過ごし、誰もいない海岸でテントを片づけながら今後の相談をしていた。

「ギルティア。カメロン王国の王都に入る準備をするから、一旦冥府の森にいるエイデンのところに顔を出してから帝都に戻ろう」

「本当ですの!?　やっとカメロン王国の王都に入れますのね！」

「ああ、待たせて悪かった。それで次の最後の言葉だが……『あの子』と言っていたが知り合いなのか？」

「そうですわね……もうお話ししても大丈夫でしょう。あの子とはカメロン王国の聖女であり、ゼノビス公爵家の次女であるミッシェルですの。魂はミッシェルのお母様だったのです。ミッシェルは公爵家に騙されているうえに縛られていて、それを助けてほしいと……それが最後の言葉なのです」

「…………それは厄介だな。なるほど、急ぐ理由がわかった」

本当なら一番に駆けつけたかったけど、レクス様もできる限り対処してくれた。少し時間がかかってしまったものの、ミッシェルなら大丈夫だと自分に言い聞かせる。

レクス様には早く事情を話せばよかったのだが、ミッシェルの身を案じる母親の魂から、極力口外しないでほしいという声も届いていた。万が一情報が漏れてゼノビス公爵が手を回すのを恐れたのだろう。

それにしても死霊使い（ネクロマンサー）の記憶が流れ込んできた時、私は本当に驚いた。ミッシェルがあんな状況だったなんて知らなかった。何年も中央教会で一緒に過ごしたのに、気が付けなかったことが本当に悔やまれる。

ミッシェルが私に対して害のない意地悪をしたり、やたらと絡んできたりした理由もわかった。ゼノビス公爵家から認定聖女を出したいと思った公爵が、ミッシェルにそうするよう命令していたのだ。

ミッシェルのお母様は魂になっても、ずっとそばで見守っていた。そこで公爵の企みを知って憎しみに呑み込まれて一気に死霊使い（ネクロマンサー）になってしまった。

それでも公爵家をなんとかしたくて結界の外に発生した魔物を操り、カメロン王国に向けて放っていたからこの三年間は魔物が増えていたのだ。

こうして、いよいよカメロン王国に戻れることになったけれど……レクス様が言っていた準備というのはなんだろう。

「ところでレクス様、帝都ではどのような準備をしますの？」

「それが……ギルティアがカメロン王国に入っても、認定聖女に逆戻りしなくて済むいい方法があるのだが、それにはギルティアの協力とある程度の準備が必要でな」

「まあ、本当ですの⁉　どのような方法でございますか？」

少し緊張した様子でレクス様が口を開く。

「ギルティアが俺の婚約者になればいい」

「こっ……婚約者……」

ブランド殿下の婚約者だった日々が、頭に浮かんでくる。

つまらない自慢話を延々とされ続け、私が遠征から帰ってきても労り（いたわ）の言葉もない。黒いドレスが陰気臭いと、一緒に出歩くこともなかった。さらに私に向ける冷めた視線。

「そんなに警戒しなくてもいい。カメロン王国にいる間だけで構わない。俺の婚約者ならアイツらは手を出せないだろう」

確かに私がレクス様の婚約者ならカメロン王国は手が出せない。ああ、そういうことね。私が国に戻るための偽装なのだから、レクス様の気持ちはここにない。

そうよ、これはカメロン王国に入るためだから……レクス様は私を想っているわけではないし、終わったら私に非があることにして婚約を解消すれば問題ないわね。

嫌だわ。どうしてか胸がチクチクと痛んで、気持ちが沈むわ。

「わかりましたわ。よろしくお願いいたします」

胸の痛みに無理やり蓋をして私は頷いた。覚悟を決めたはずなのに、沈んでいく心はどうにもできない。

「ギルティア、どうした？　もしかして……俺の婚約者になるのが嫌だったのか……？」

レクス様は恐る恐るといった様子で聞いてくる。なぜレクス様はこんなに泣きそうな顔をしているのかしら？　なにか誤解があってはいけないわ。ちゃんと言葉にしなければ。

「いいえ、むしろ私のために偽装婚約までしていただけるなんて、ありがたいことですわ。レクス様にはなにからなにまでお世話になってしまって、申し訳ございません。どうやってこのご恩をお返ししたらよいのか……」

「ぎ、偽装……？　あー、ギルティアがその気なら……いや、なんでもない」

レクス様には珍しく曖昧な物言いだ。なにか言いづらいことがあるのだろうか。

レクス様が最後の荷物を片づけて出立の準備が整う。荷物をマジックポーチに収納した次の瞬間には手を引かれ、逞しい胸に抱きしめられていた。

「ギルティア、期間限定……かもしれないが、婚約者としてよろしく頼む」

「こちらこそよろしくお願いいたします。でもレクス様、距離が近すぎませんか？」

「婚約者ならおかしくないだろう？　マクスター伯爵には俺から経緯を伝えておくから問題ないし、まずは調べられてもいいように準備を整えよう」


パチンと指が鳴ったと思ったら、冥府の森にある屋敷の執務室に転移していた。

「エイデン、準備は整ったか？」

突然現れたレクス様に動じることなく、エイデンは書類から顔を上げる。そして穏やかなその顔に、ニヤリと黒い笑みを浮かべた。エイデンはなかなかの策士だから今回もうまいことやったのだろう。

「ええ、レクシアス様。ちょうど昨日終わったばかりです。帝都の教会に行けばすぐにサインできます」

「よくやった」

破顔したレクス様はそれだけ言うと、次の瞬間にはユークリッド帝国の帝都にある教会に転移していた。当然のようにエスコートされ、レクス様に求められるまま世界を見守る女神像の前で書類にサインする。

シャムスの海岸を出立してからここまで約十分。バッチリと準備が整っていて、まるで待っていましたと言わんばかりだ。仮にも帝国の第二皇子だから、いろいろと根回しも必要だったのだろう。なるほど、時間がかかっていたのは、この仮婚約の準備だったのかと納得した。

それにしても、もうこの際ですからこの距離についてはなにも言いませんわ。ただレクス様が今までにないくらい、熱のこもったとろけるような瞳で見つめてくるのがいたたまれませんの!! これは偽装婚約ではございませんの!? 演技はほどほどにしていただきたいわ!!

「これで俺とギルティアは仮の婚約者だ。この後お互いの親にサインをもらわなければ正式なものにはならないから安心してくれ」

「わかりましたわ。いざという時は、すぐにもとに戻せますわね」

確かに仮婚約なら解消も簡単だわ。あら? なぜかレクス様が少し落ち込んでいる様子だけれど……どうしたのかしら?

落ち込んでいたと思っていたレクス様は、一転して強い視線を私に向ける。

「ギルティア。期間限定とはいえ俺の婚約者なのだから一層大切にするぞ」

「えっ⁉　まだ上がありましたの⁉」

一気に現実に引き戻された。そして驚いている間にカメロン王国へと転移していた。


転移した先はカメロン王国の王城の門前だった。驚く門番に、レクス様がユークリッド帝国の第二皇子であるレクシアスだと名乗り剣の柄(つか)にある帝国の紋章を見せる。門番は大慌てで城内に入っていった。顔の割れている私も即座に謁見室に通される。

「おお！　これはレクシアス皇子、よくぞカメロン王国へお越しくださった！　そしてギルティアも戻ってきてくれたのだな‼」

「カメロン国王、ご無沙汰しております。このたびギルティアが私の婚約者となりましたのでご挨拶にまいりました」

「……は？　こ、婚約者だと？」

「ブランド王子がギルティアと婚約を解消されたので、幸運にも私がアプローチする機会ができました。正式な発表はこれからですので、それまではご内密に願います」

カメロン国王はレクス様の言葉に石のように固まっている。

そういえば私は冥府の森に追放されたままだったのよね。滞在の許可を得た方がいいのかしら？

「カメロン国王陛下。僭越(せんえつ)ながら発言の許可をいただけますでしょうか？」

「はっ、うむ、許す！　なんなりと申してみよ」

「国内に戻る許可を得ずにこちらにまいりましたこと、誠に申し訳ございません。用事が済み次第、即刻立ち去りますゆえ今しばらく滞在の許可をいただけませんでしょうか？」

認定聖女ではなくなったので、元国民として丁重にお願い申し上げた。

カメロン国王は私の態度に目を丸くしている。今では認定聖女でもないし、当然の対応なのになにを驚いているのだろう。

「もちろんだ！　もちろんだとも！　滞在どころか馬鹿息子が下した処分を取り消す！　だからどうかこの国のために力を貸してくれないか？　ギルティアの後任としてミッシェルを認定聖女にしたのだが、どうも力不足のようでな」

「カメロン国王。俺の愛する婚約者を、危険な最前線に送り込むというのか？」

「ひえっ!!　いや、そんなつもりは……」

レクス様が凍てつくような覇気を漏らしながらカメロン国王を睨みつける。ああ、いけない。レクス様がいつもの口調に戻っているし、カメロン国王はガタガタ震え始めたわ。

「レクス様、無理のない範囲でしたら問題ございませんわ。認定聖女のお義姉様たちにはとてもお世話になりましたもの」

「そうか。すまないな、ギルティアをやっと手に入れたから少々過敏になっているようだ」

いつものレクス様に戻って、私にとろけるような甘い視線を向ける。

ストレートな感情表現はわかりやすいし、油断するとうっかり嬉しく思ってしまうのだけど騙されてはいけない。レクス様は婚約が偽装だとバレないように演技しているのだ。

「か、感謝する……それでは中央教会にも出入りできるように話を通しておこう。それから王城の貴賓室を用意してあるから、そちらを好きに使うといい」

「お心遣い誠にありがとうございます」

完璧なカーテシーを披露して、私はレクス様と中央教会に向かった。


ほんの数週間前まで過ごしていた中央教会の聖女たちの宿舎にやってきた。魔物の討伐がなければ、ミッシェルはここで訓練しているはずだ。

あ、いけないわ。ミッシェル様と呼ばなければいけないわね。彼女は認定聖女になったのだから。

宿舎の裏手にある訓練場に行くと、怒号と罵声が聞こえてきた。私が中央教会に入ったばかりの頃に毎日聞いていた、懐かしい声だった。

「王妃様……！」

思わずこぼした声に振り返ったのは、紛れもなく先代の浄化の認定聖女であり、カメロン王国の王妃様でもある方だった。いつもと違うのは、足もとにブランド殿下が転がっていて、ミッシェル様が肩で息をしながら膝をついていることか。

「ギルティア……！　まあ、ギルティアではないの!!　それに、レクシアス様まで……いったいなにがあったの？」

「なにっ!?　ギルティアだと！　頼む、ギルティア戻ってきてくれ！　私はもう限界だ！　やはり私にはギルティアが必よ……う……」

一瞬で起き上がり私に駆け寄ろうとしたブランド殿下の前に、レクス様が立ちはだかる。

「馴れ馴れしくギルティアを呼び捨てにするな。今は俺の婚約者だ」

「はあ⁉　なんでレクシアスがこんなところにいるのだ？　しかも婚約者だって……⁉」

「ブランド、下がりなさい。お前に発言を許可していません」

王妃様の言葉にブランド殿下が反論しそうになったけれど、レクス様を見て押し黙った。強烈な殺気を向けられているのに気が付いたらしい。少しは進歩したようだ。私は王妃様にご挨拶をする。

「王妃様、突然の訪問で誠に失礼いたします。本日はミッシェル様に最後の言葉を届けにまいりました」

当の本人であるミッシェル様は、最後の言葉を届けに来たと言われてキョトンとしている。この後に彼女が受ける衝撃を思うと胸がキリキリと痛んだが、私は覚悟を決めた。

宿舎にある会議室で、私とレクス様の向かいにミッシェル様と王妃様が腰を下ろした。部屋にはレクス様に防音効果のある結界を張ってもらっている。ブランド殿下は今日の訓練は終わりだと告げられ、大喜びで王城へと戻っていった。

「ギルティア様、わたくしへの呼び方や話し方は今までどおりで結構ですわ」

「ええ、わかったわ」

「それで最後の言葉は本当にわたくし宛でございますの？」

「最後の言葉はミッシェル宛で違いないわ」

ひと呼吸おいて私は口を開いた。

「よく聞いて。最後の言葉は貴女のお母様からよ」

「え……？　なにを、言っていますの？　わたくしのお母様は公爵家にいるわ」

「あの子を助けてと、最後に頼まれたの。貴女の『お母さん』に」

その言葉で、ミッシェルは理解したようだ。ミッシェルが実の母を『お母さん』と呼んでいたのは、ここではミッシェル本人しか知らない事実だ。

彼女もまた浄化の聖女だから、それがなにを意味するのか嫌でも理解できてしまう。

「……お母さんが、もういない」

ポツリと呟いた言葉は、か細くて頼りなかった。

今の私にはわかる。今までミッシェルがどんなに孤独で辛かったのか。それでも母のためにと必死に歯を食いしばってきたのを、知っている。

私はたまらずミッシェルに駆け寄り抱きしめた。

「本当に、お母さんはいないの？　もう、会えないの？　もう……声を聞くこともできないの？」

最後の方は声が震えていた。堪えようとしてもあふれる感情は、雫となりミッシェルの頬を静かに濡らしていく。信じたくないのに与えられる情報により事実だとわかってしまい、受け止めきれていない様子だ。

「ミッシェル……そうね。だから私が来たの。ミッシェルのお母さんの最後の願いを叶えに。貴女

を公爵家から助け出すわ」

「わたくしは……いったいなんのために、ここまで……ううっ、お母さん……お母さんっ！　お母さんっ!!　あああああっ!!」

ミッシェルは私の肩に顔を埋めて嗚咽をこぼして震えている。

劣悪な環境の中で孤独に耐え、それでも必死にやってきたのはすべて母親のためだ。それはどれほどの孤独だったのだろう。

聖女というだけでも自由がなかったのに、母親を盾に逆らうことも許されなかった。たったひとつの希望すらもまやかしだったのだ。

その心を、悲しみを、苦痛を、孤独を想像しただけで、私の身体の中を地獄の業火のような感情が駆け巡る。

ミッシェル、公爵家を潰して必ず助け出すから。そのためならなんだってやってやるわ。ミッシェルの母親を想う気持ちを利用するなんて、絶対に、絶対に許さない。

使えるものはすべて使って、最後の言葉を――魂の最後の願いを私が叶えるわ！

「ミッシェル……誰が相手であろうと私は貴女の味方よ。ミッシェルを助けるためにも、詳細をレクス様と王妃様にもお話しして問題ないかしら？」

「はい……もちろんです！　わたくしもすべてお話ししますわ……！」

悔しいけれど、ミッシェルを助け出すのは私ひとりの力では難しい。

私はミッシェルの母親の記憶を、ミッシェルは公爵家でどのように扱われてきたのか、洗いざらいぶちまけた。

ミッシェルの状況を聞くにつれて、レクス様も王妃様も表情が険しくなっていく。

「レクス様、王妃様。私に協力していただけないでしょうか」

「当然だ。存分に頼ってくれ」

「もちろんよ。私もこのまま見ているだけで済ますつもりは毛頭ないわ。ふふふ、この際だから聖女を舐めるとどうなるのか思い知らせてやりましょう」

この瞬間、ゼノビス公爵家の運命は決まったのだが、それを知るのはここにいる四人だけだった。


会議室を出ると、破魔(はま)の聖女と守護の聖女が待ち構えていた。私が戻ってきていると聞きつけて会いに来てくれたらしい。

「ギルティア！　元気だったの⁉　ずっと心配していたのよ！」

「そうだよ！　ギルティアのことだから無事だと思っていたけど、もしかしたらってヤキモキしたんだよ！」

「マリッサ様、シーラ様。ご心配をおかけいたしました」

認定聖女のふたりには私が中央教会に来た頃からお世話になっている。私にとって大切な人たちだ。

「いいよ、元気な姿を見られたから。それに、今さら呼び方を変えないでよ」

「そうよ、私たちの絆(きずな)はそんなに簡単に切れるものではないでしょう。それで、結界まで張ってなにをしていたの？」

マリッサお義姉様がミッシェルに優しく問いかける。ミッシェルのいつもと違う様子になにかあったのだと察した様子だ。

「いえ、大したことでは……わたくしは訓練に戻ります」

そう言ってここから立ち去ろうとしたミッシェルを呼び止める。

「待って、ミッシェル。お義姉様たちにも協力していただきましょう。きっと力になってくれるわ」

ミッシェルは浮かない顔だったけれど、使えるものはすべて使うと決めたのだ。そこへ後からやってきた王妃様も悪い笑顔で言う。

「ミッシェル、大丈夫よ。シーラもマリッサも話せばわかるわ。この国の聖女の在り方から修正しようかと思っていたから、ちょうどよかったわ」

「え？　なにか話が大きくなっていませんか？」

ミッシェルが驚き慌てふためいた。でもこれくらいでちょうどいい。

「へえ、なんか楽しそうな話だね」

ニヤリと笑うシーラお義姉様も悪い顔になっている。マリッサお義姉様を見ると、いつもより穏やかな笑みを浮かべているのに、目が笑っていない。

「フフ、そうね。私も聖女の在り方については再考すべきだと思っておりましたわ」

こうしてゼノビス公爵家の断罪と聖女大改革が進められることとなった。

＊＊＊

ギルティア様からお母さんのことを聞いた翌日、早速わたくしは作戦を実行していた。

「ミッシェル！」

その日の認定聖女の訓練が終わり私室で休んでいると、ノックもせずにサリエルお姉様がズカズカと乱入してきた。怒りを隠すことなくわたくしを睨みつけると、防音の結界を張って怒鳴り始める。

「まだ訓練が終わってないのになぜ休んでいるの⁉　さっさと終わらせなさい‼」

「サリエルお姉様、本日の訓練は終わりましたわ。報告書にもそう書いたのですが……」

わたくしはサリエルお姉様に毎日どのような訓練をしたのか、報告書を提出していた。もちろん他の聖女はこんなことをしていない。あくまでもサリエルお姉様がわたくしの行動を監視するために書かせているだけだ。

今までどんな些細なことでも報告書に書いてきた。もちろんギルティア様に対しておこなってきた嫌がらせもそうだ。

サリエルお姉様の命令で、派手なドレスが着たいとか装飾品を着けたいとかギルティア様にわがままを言って、その反応まで報告していた。さらにはギルティア様が助けてくれたにもかかわらず、怪我を負わされたとアピールするために、わざわざ目立つ場所でお茶を飲むように命じられていた。

その報告書をブランド殿下にも見せるとは思ってもみなかったけど。

でも、あの時のわたくしはなにも言えなかった。

「報告書を読んだから来たのではないの！　私が用意した特別メニューはどうしたのよ⁉」

「王妃様に確認していただいたら、効率が悪いということで修正されました。王妃様からのご命令でしたのでそちらに従いました」

「なんですって⁉　ミッシェルは実の姉より王妃の言うことを聞くの⁉　ゼノビス公爵家の一員として恥ずかしくないように、メニューを組んだのよ！　今すぐに足りない分をこなしてきなさい‼」

ますますヒートアップして、真っ赤になりながら甲高い声でわめき散らしている。もはや言っていることが理不尽を通り越して滑稽なことにも、本人は気付いていない。わたくしは胸に渦巻くドス黒い感情をなんとか抑え、態度を変えずに言った。

「サリエルお姉様、それでは王妃様のご命令に背くことになります。それともただ、わたくしを苦しめるのが目的ですか？」

初めてのわたくしの口答えに、サリエルお姉様は一瞬ポカンとしていた。

意味を理解したのか、すぐにブルブルと震えて激昂し始めたが、今までのように恐れる気持ちは少しもなかった。

「いい加減にしなさい！　私に口答えするなんて、まだ自分の立場をわかっていないの⁉　……いいわ、久しぶりにミッシェルの立場を教えてあげましょう。そこに立っていなさい！」

次の瞬間、サリエルお姉様が放った雷魔法がわたくしに襲いかかる。バチッと大きな音を立てた後は、激しい衝撃が走った。息がつまるほどの痛みに目の前がチカチカする。思わず膝をついてしまった。

「あはは！　いい様ね！　そうよ、ミッシェルはそうやって這いつくばっているのがお似合いなのよ!!　さあ、まだまだこれからよ！」

その後もサリエルお姉様の気が済むまで、雷魔法を浴びせられた。

気が付くと床に転がったまま、朝を迎えていた。

「ふふ……これでいいわ。でも、まだ足りない」

痛みがないところを見ると、回復魔法をかけていったようだ。認定聖女が不審な怪我をしていたら詳しく調査されて困るからだろう。

その後も王妃様のご命令だと告げると、折檻される日が続いた。

それでも、わたくしの心は折れることはなかった。

＊＊＊

重苦しい曇天の空から今にも雨粒が落ちてきそうな日だった。今日はもともと王妃として書類仕事を片づけるために、訓練は休みにしてある。

ギルティアに再会してから数日が経ったこの日、ゼノビス公爵を私の執務室に呼びつけていた。

「王妃殿下、本日はミッシェルのことで火急の用件があると伺いましたが」

「そうね、手紙でも知らせたけれど、ミッシェルが私の指示に従わないのよ。このままではブランドとの婚姻も見送らねばならないわ。私からの命令をなんだと思っているのかしら？　ゼノビス公爵家ではどのような躾をしたの？」

ミッシェルの話は嘘ではない。証拠集めのためとはいえサリエルとのやり取りは一度か二度でいいと言っているのに、毎日しっかりと実践しているのだ。いくら回復魔法をかけられても、ミッシェルの身体が心配でこれ以上許容できない。

わずかな焦燥をにじませて、ゼノビス公爵が九十度に頭を下げる。

「はっ、誠に申し訳ございません。姉のサリエルも神官として中央教会におりますゆえ、すぐに指導させます」

おそらく後でいつにも増して、サリエルにミッシェルを折檻させるつもりだろう。だけど、そんなことは私が許さないし、好きになんてさせない。伊達に王妃をやってきたわけではないのだ。

今日はこの男からミッシェルを切り離し、証言を引き出すのが目的だ。そのために自分の立場を最大限に使うつもりだった。

「悪いけれど、それでは不十分だわ。私は確実にミッシェルを従わせたいのよ」

「はい、それは私からもよく言い聞かせて――」

「ミッシェルの産みの母は平民らしいわね」

ここで言葉を切る。

しばしの沈黙の後、ゼノビス公爵が口を開く。

「はい、左様でございます。聖女の力に目覚めたので私が引き取り、教育をしてから中央教会へ送りました。姉のサリエルも妹が心配なあまり神官になったほどでございます」

無難な答えだ。私がどのような言葉をほしがっているのか掴みきれないのだろう。

「そんなことが聞きたいわけじゃないわ。母親は使えるの？」

それならば、答えやすいように誘導しましょうか。

「……ミッシェルの母親はすでにこの世におりません」

「あら、そうなの？　母親を持ち出せば素直になるかと思ったのだけれど。それならやっぱりブランドの婚約者は降りてもらおうかしら」

ここで大きく揺さぶりをかける。

ゼノビス公爵が平民の母親が産んだ女児を引き取り育てたのは、聖女にして王族と婚姻させたいからだ。そうやって己の権力をより強固にして、この国を牛耳（ぎゅうじ）りたいのだ。

「っ！　……王妃殿下、ミッシェルは母親が亡くなったことを知りません。チラつかせれば大人しくなるでしょう」

「なぜ本人が知らないの？　貴方が手を回したの？　まあ、それくらいできる者でないと王子妃の親は務まらないけれど」

暗に王子妃の親としての資質はあるのかと問いかける。

本当のところは馬鹿では困るが、平民に対して非道なおこないができる者だって不適格だ。だけど私がこのように問いかければ、ミッシェルをブランドと結婚させたいゼノビス公爵なら食いついてくるはずだ。

「王妃殿下、私ほど王子妃の親に相応しい者はおりません。必要とあらばどのような者でも処分いたしましょう。母親はミッシェルの足を引っ張るだけでしたので、消えてもらいました」

「そう、やはり貴方が手を回したのね。それならば、これから先はミッシェルの指導はすべて私が責任もって対応します。横槍が入るのは嫌だから、姉であるサリエルを神官から外すわ。いいわね？」

一瞬ゼノビス公爵が眉根を寄せる。おそらくサリエルの件が納得いかないのだ。

これでサリエルを排除できれば、ミッシェルの環境が改善される。証拠も十分揃っているから、もうサリエルを排除してもなにも問題ない。どうやっても、もぎ取らなければいけない条件だ。

だから今度はゼノビス公爵のほしがる言葉をくれてやる。

「私がブランドの婚約者を躾けると言っているのよ」

「仰せのままに」

ゼノビス公爵が退室した後、映像を記録する魔道具を止めて誰もいない空間に声をかける。

「今のを聞いていたわね。ゼノビス公爵の発言を裏付ける物証を集めてちょうだい。期限は五日よ」

なにもない空間がゆらめき、黒い装束の男が現れる。名もなき男は私が王家に嫁いだ日から支えてくれている、王妃専属の影だ。

「御意」

それだけ呟くと、また空間がゆらめき、男は姿を消した。

＊＊＊

その頃、第一王子で王太子でもあるランベルトの執務室では、破魔(はま)の聖女シーラと守護の聖女マリッサがそれぞれの夫に詰め寄っていた。

「ねえ、ランベルト。できないなんて言わないよね？」

「テオ様も当然お手伝いいただけますわね？」

そしてふたりがにっこり笑う。

「「だって、私を愛しているのでしょう？」」

「「……はい」」

ランベルトとその妻シーラ、第二王子のテオフィルとその妻のマリッサが集まって密談していた。

マリッサの完璧な結界で防音もバッチリだ。

「さすが私の夫だね。それじゃあ、魔物を討伐がてら周辺の貴族を説得しようか」

「そうですわね……各地域での最大勢力の貴族に夜会を開いていただきましょう。そこで聖女の環境改善の署名を集めれば、法案を通すのが楽になりますわ」

シーラとマリッサの役目は、聖女の境遇改善について貴族たちから同意の署名を集めることだった。

「ミッシェルは母上の訓練と称して中央教会で待機か」

ランベルトが頬杖をついてなにやら思案を重ねている。

この二週間は魔物の数が激減していて、今までにないほどゆったりとした日々を過ごせていた。シーラとマリッサの話では、ランベルトたちが王都を留守にしている間の魔物討伐は、ギルティアとレクシアスが対処してくれるという。

「それなら、地域視察ということで各領地を回ろう。これならゼノビス公爵も不審に思わないし、ミッシェルが同行していなくとも王族の公務だからと言えば不自然さもない。あらかじめ予定表を渡しておけば夜会の準備もするだろう」

「……やだ、ランベルトに惚れ直したわ」

シーラのストレートな愛情表現にふわりと微笑み、「シーラのためだ」とポツリと返す。シーラは聖女には珍しい平民出身だが、この気取らないざっくばらんな態度がランベルトには愛おしくてたまらなかった。

「うえ、そういうのはふたりの時にやってくれよ」

テオフィルが兄夫婦の甘い空気に辟易（へきえき）している。そんなテオフィルにマリッサはそっと寄り添った。

「ふふ、相変わらず仲がいいわよね。でも私たちも負けてないでしょう？　私の専属騎士様、いつものように私を守ってくださる？」

「当然だ。マリッサは俺が命に代えても守り抜く。心配するな」

生粋（きっすい）の深窓の令嬢であるマリッサを陰から支えているのは、この国でも三本の指に入る騎士テオフィルだ。マリッサのために剣を振るうのは、テオフィルの誇りだった。

ランベルトの協力を取りつけたシーラは密かに決意する。同じ聖女としてミッシェルの状況をなんとかしたいのはもちろんだが、それだけではない。

ギルティアには、魔物になってしまった家族の魂を天上に送ってもらった。あの時の恩を今こそ返す時だと強く思っていた。おかげでこの手で魔物になった家族を殺さずに済んだのだ。

マリッサもまたミッシェルの置かれた環境に怒りを覚えていた。それに戦場で魔物を倒す術（すべ）がない守護の聖女は、幾度となくギルティアに命を助けられている。

いくらテオフィルが強くても数で攻められれば隙ができる。そんな時にいつも盾になって助けてくれたのがギルティアだった。マリッサの脳裏に浮かぶのは、自分よりも年下で幼い少女の、小さな背中だ。

ギルティアと認定聖女たちの間には、誰にも切ることができない確かな絆（きずな）がある。

大切な人を守りたい。力になりたい。そんな純粋な想いは空を突き抜けて、天上にまで届いていた。

＊　＊　＊

中央教会でミッシェルに最後の言葉を伝えてから数日後のことだった。私とレクス様が王城の貴賓室で作戦会議をしていると、一通の手紙が届けられた。

「国王陛下からだわ。レクス様と私宛になっています」

「内容は……三日後の晩餐への招待か。もちろん参加するんだろう？」

「そうですわね。こんな早々にチャンスが来るとは思いませんでしたけど、ちょうどよかったですわ」

私が貴族の令嬢らしい冷たい微笑みを浮かべると、レクス様がほんの少し目を見張った。

「へえ、こんなゾクゾクするような微笑みもできるのか。俺のギルティアは魅力的すぎて困る」

「えっ⁉」

驚いている隙にレクス様の腕の中に囚われた。まっすぐに見つめてくる琥珀色の瞳は熱情を孕んでいる。突然かもしだされた甘い空気に、激しく混乱する。

えええ、今の流れでどうしてこの空気になりますの⁉　意味がわかりませんわ‼

「レクス様っ！　お願いですから離してくださいませ！」

「どうして？　愛しい婚約者を抱きしめたいと思うのは当然だろう」

「……っ！」

い、愛しいですって⁉　まるで愛の告白みたいではないの‼

ダメだわ……もう、心臓が壊れてしまいそう。

限界突破した驚きと羞恥心と歓喜が、私の身体から力を奪っていった。

——つまり、腰が抜けたのだ。もう限界だった。

「ギルティアッ⁉」

危なげなく支えてくれるレクス様にしがみつき、息も絶え絶えになりながらも恨みがましく見つめてしまう。

「そ……そんな風に言われたら、驚きすぎて力が抜けてしまいますわっ！　今はふたりきりですし、演技はしなくてもよろしいのではなくて⁉」

「力が……ふっ、そうか。俺の言葉でこんな風になるんだな。わかった、気を付けるよ」

なんでそこでご機嫌になるのですか⁉　本当にレクス様には翻弄されっぱなしで悔しい……‼

いつか仕返しいたしますわ‼


晩餐会の日。

私たちは準備を整えた。私は以前レクス様に贈ってもらった黒に金糸で刺繍をほどこされたドレスを身につける。今日のような場にはピッタリの華やかさだ。ドレスに合わせて髪も緩く巻いて結い上げた。

レクス様につい先ほど渡されたイエローダイヤモンドのアクセサリーをつけると、どこからどう見ても溺愛されている婚約者だ。

ひと息ついたところで、扉がノックされる。

「ギルティア」

「レクス様、どうぞお入りになって。もう準備は整っておりますわ」

そっと扉を開けて私を見たレクス様が固まった。瞬きひとつせず、部屋に入りかけた姿勢のまま動かない。

そんなレクス様も、帝国軍の正装用の軍服を身にまとっている。国王を牽制する役割もあるので、プレッシャーをかけるにはこれ以上ない衣装だ。

でも軍服が……に、似合いすぎですわ!!

いつも下ろされている前髪は左側だけ後ろに流して、端整な顔をあらわにしている。漆黒の軍服は、詰襟と袖口を銀糸の刺繍で飾っており華やかだ。鍛え上げた肉体にフィットするような仕立てが、レクス様のスタイルのよさを引き立てていた。

「レクス様、とても素敵ですわ」

少しだけ声が震えてしまったけど、大丈夫よね。今までブランド殿下の夜会の装いを見てもなんとも思わなかったのに、レクス様の軍服にはこんなに動揺してしまうなんて修行が足りないのかしら。

「――っ、ギルティアもよく似合っている」

目もとをほんのり赤くしたレクス様は、フイッと視線を外して廊下に出ていってしまった。

ええと、褒められたのよね……？

ぎこちない空気のままレクス様に優しくエスコートされ、国王陛下に招かれた晩餐会へ向かった。

晩餐会には国王陛下と王妃殿下、それから宰相夫妻とゼノビス公爵、そしてなぜかゼノビス公爵の長女であるサリエル様も参加していた。ピリついた空気のまま食事は進んでいく。話題に上がるのは最近の魔物の動向や、冥府の森についてだった。

ゼノビス公爵も当然会話に参加するのだが、必ずサリエル様に話題を振っていく。

「ええ⁉　それではレクシアス殿下は冥府の森の魔物をすべて討伐されてきたのですか⁉　なんてお強いの……！　私、強い男性がタイプなんです！」

そう言ってレクス様にうっとりとした視線を投げかける。その視線を完全にスルーして、レクス様が甘くとろけるように私を見つめた。

「いや、実際はギルティアがいなければ討伐できなかった。ギルティアこそ最強だ」

「まあ、とんでもないことですわ。レクス様がいらっしゃるから冥府の森は保たれているのです」

「ふっ、そんな風に俺を立ててくれる謙虚な姿がまた愛おしい」

サリエル様が歯を食いしばり、怒りを抑えているのがわかる。公爵令嬢ならもう少し感情を表に出さない方がいいと思うのだけれど、私が言える立場ではないので黙っていた。

おそらくサリエル様は帝国の皇子に取り入りたいのだろう。明らかに皇子妃の座を狙っている素振りだ。早々にあきらめてほしいし、正直レクス様にいちいち絡んできて不快に思う。

まったく、いつまでこのような会話が続きますの⁉　なんだかモヤモヤしますわね‼

ここで、サリエル様が一気に距離を詰めようと、果敢にチャレンジしてきた。

「あの、レクシアス殿下。ギルティア様と同じように、私もレクス様とお呼びしてもよろしいでしょうか？」

「――は？」

一瞬でその場が凍りついた。

レクス様のまとう空気が、戦場で敵を前にした時の冷酷な管理者のものになっている。一ミリでも動いたら殺される、そんな緊迫感に支配された。

さすがのサリエル様も青ざめた顔で震えている。

「サリエル様。カメロン王国では知る者が少ないが、ユークリッド帝国においてファーストネームの愛称呼びは特別な意味を持ちます。それは生涯の伴侶にしか許されないものなのです」

焦った様子を押し隠して、宰相が丁寧に説明してくれる。これは私も初耳だった。

宰相のフォローにサリエル様はすかさず謝罪する。

「そ、そうだったのですか……知らぬとはいえ失礼いたしました」

ああ、そうだったのね。だからレクス様はあんなに怒っていらっしゃったのね……ってスルーできるわけありませんわっ!!

聞いてませんのよっ!! そんなこと、一ミリもっ!! だってレクス様がそう呼んでくれとおっしゃいませんでした!?

隣に座るレクス様に視線を向けると、コホンと咳払いでごまかされた。

「ところでギルティア、冥府の森での暮らしはどうだったの？」

王妃様が「そろそろ本題よ」と言わんばかりに、話題を振ってくる。

「はい、恥ずかしながら私は魔物討伐の時の野営がとても楽しかったので、冥府の森でもしばらくは同じように過ごしましたの。そうしたらレクス様が見かねて拾い上げてくださって……今日まであっという間でしたわ。自由に過ごせたのがとても楽しかったです」

「ふふ、ギルティアらしいわね。そう、自由があったのね」

「ええ、もちろん国の民を守るために己の力を使うことに異論はありません。ですがこの国を出て感じたのは、もう少し選択肢がほしかったということですわ」

聖女に認定されてから自分で決められたのは、ドレスくらいだろうか。だからこそこだわりを持って、誇りを見失わないように黒いドレスばかり着ていたのだ。

住むところも、毎日の予定も、婚約者さえも与えられたものを受け取らなければならなかった。それがどんなものでも拒否は許されなかった。

「私は自由がほしかった。今日はなにをするのか、明日はどこへ行くのか、誰と一緒にいるのか……自分で決めたかったのです」

私を追放したのが第三王子のブランド殿下だからこそ、国王陛下も王妃様も宰相様さえもなにも言えなくなっている。私がこぼした本音は、聖女たちが抱えている不満そのものなのだ。

「そうね。その気持ちはよくわかるわ。陛下……いい機会ですから、人事の異動も視野に入れて聖女の境遇を見直しませんこと？」

「う、うむ……だが、私は手が回らんぞ」

「それなら私が進めますわ。元認定聖女ですし、シーラとマリッサにも頼めば問題ありませんもの」

煮え切らない態度の国王に王妃様がぐいぐい攻め込んでいく。そこに便乗したのはゼノビス公爵だった。

「王妃様が進められるのであれば、私も全面的に協力いたしますぞ！　なにせミッシェルのためですからな！」

「それなら私も協力しましょう。その間手薄になる魔物の討伐は私が引き受けます。そのかわり確実に結果を出してくださいますか？　結果が出るまではカメロン王国に滞在いたします」

レクス様もここぞとばかりに逃げ道を塞いでいく。

「そんな、ユークリッド帝国の第二皇子にそのような……」

「問題ありません。冥府の森に比べたらこのあたりの魔物などかわいいものです」

「そこまでおっしゃるなら……お願い申し上げる」

逃げ道を塞がれた国王陛下は頷くしかなかった。

これで結果が出るまで、引けない状態になった。

もう少しでミッシェルを解放できる。

＊　＊　＊

晩餐会(ばんさんかい)から二週間が経った。

私、サリエルはゼノビス公爵家の長女として今までなんでも思いどおりにしてきた。

それなのに最近はなにもかもがうまくいかない。三週間前に突然神官の立場を剥奪され実家に帰された。

しかも、その後の国王陛下の晩餐会でレクシアス殿下の不興を買ってしまった。宰相閣下のおかげでなんとかその場は切り抜けたものの、お父様はあれから私に一切見向きしなくなった。

なによ、お父様の指示どおりにレクシアス殿下の心を掴もうとして、少し失敗しただけじゃない。

そもそもこんなに魅力的な私に靡かないなんて、あの男の目が腐っているんじゃないかしら？

中央教会でも夜会でも私に媚びない男はいなかったのに！

そして、なによりもギルティアよ！　せっかく追い出したのに戻ってくるなんてなんなの!?　本当に邪魔な女だわ！　苛つくわね……まあいいわ、今度ミッシェルに面会して、そこでストレス発散しましょう。

「そうだわ、気分転換にお買い物でも行こうかしら。今度の夜会で自慢できるようなドレスを作りましょう！」

私は侍女を呼びつけて、外出の準備を進めた。途中、侍女があまりにも鈍臭いので、熱々の紅茶を浴びせてやった。この私を苛つかせたのだから、これでも優しいくらいだ。

怯えて震えながら謝罪する侍女に溜飲が下がったので、どんなデザインのドレスがいいか、合わせるアクセサリーはどんな色にしようかなんてウキウキしながら考えていた。

するとなにやら廊下が騒がしくなり、数人の足音と金属のぶつかる音が近づいてくる。

「サリエル嬢はこちらか!?」

「は、はい。今は外出の準備をしておりまして……」

「かまわぬ、扉を開けるぞ！」

ノックもなしにいきなり扉が開かれる。甲冑を着た数人の騎士と、指揮官と思われる赤いマントを羽織った騎士が部屋にズカズカと入ってきた。

「なっ！　なんて無礼なの!!　貴方たち、ここがゼノビス公爵家で、私が嫡子のサリエルだとわかっているの!?」

あまりの礼儀のなさに睨みつける。それなのに騎士たちはひるむ様子もなく、厳しい視線を私に向けてきた。

「サリエル・ヴィラ・ゼノビス。お前の認定聖女様に対する非道な所業が明らかになった。国王陛下から罪人を投獄せよと命じられている。大人しく我らについてくるのだ！」

「はあ？　なにを言っているの。認定聖女に非道なことなんてしていないわ。神官だった私がそんなことをするわけがないでしょう！」

「ここで貴様の言い分を聞くつもりはない。連れていくぞ」

指揮官のひと言で甲冑の騎士たちが私の両腕をがっちりと掴んで引きずり出す。どんなにもがいても、鍛えた兵士たちはビクともせず、冷たい視線を向けてきた。

「ちょっと！　なにするのよ！　放しなさいよっ!!　なんて無礼なの!?　あんたたちも見ているだけじゃなくて私を助けなさい！　ちょっと！　嫌よっ、放して!!」

叫んでも、罵声を浴びせても、誰も助けてくれなかった。騎士たちはもちろん、公爵家の使用人ですら誰ひとりとして声さえかけず、ただただ私が連れていかれるのを見ているだけだった。

＊　＊　＊

今、王城では聖女の境遇改善を決定する大きな会議が開かれようとしている。

元認定聖女の私と立会人のレクス様も王妃様から参加を許されているので、カメロン王国の重鎮たちと同じように会議室の席についていた。

「それではこれより聖女の境遇改善についての会議を始める」

王妃様のかけ声によって始まった会議で、次々と改善事項を決めていった。

「では、中央教会はそのままにして、入寮については希望者のみとする。なお、寮には聖女以外の立ち入りを禁じ、面会室では映像の記録を義務づけることにする。異議のある者は？」

「王妃様……本当にそれで聖女様たちは他国へ流出しないのでしょうか？」

「聖女たちが国のために尽くしたいと思う環境にせねば話にならん。それをするのが我らの役目だ。次」

物申した重鎮はチラリと私に視線を向け、そのまま沈黙した。今までのやり方で逃げたいと思った聖女(わたし)がいるのだから、黙るしかない。

「聖女の結婚相手だが、今後は一切強制しないものとする。双方の合意があった場合のみ婚姻を可能とする。また婚姻の際には認定聖女ふたり以上の許可が必要である。認定聖女の婚姻には国王陛下と王妃の許可を必要とすることとする」

重鎮たちが騒ついている。自分の家に聖女を嫁がせようと画策している貴族は、ひとりやふたりではない。

「王妃様、それではわれわれ貴族の血筋が廃れてしまいます！」

「これに伴って貴族の評価基準も変える。今までのように聖女を輩出したから名家だとは言えなくなる。血筋だけでは判断はしない。あくまで領地経営や国への忠誠心、貢献度で価値を測る」

確かにそれらも貴族の価値のひとつだ。領地経営をしっかりとおこない、国力を底上げすることに注力した方が国は栄える。

「認定聖女に関しては引き続き王族と同様の扱いとし、後任聖女の育成や管理を任せる」

もはや王妃様の決定に逆らえる者はいない。

でもこれでミッシェルの環境や、他の聖女たちの処遇も変えられた。望まぬ婚姻を強要された聖女たちも少なくない。大切にしてもらえるならまだよかったが、子供を産んだ後の扱いはひどいものだった。認定聖女が間に入って管理すれば、このような一方的な話もねじ伏せられる。

「続いて、今回の改革にあたり人事の変更もある。ここに私の采配に任せるという署名が集まっており、その数は全貴族の三分の二を超えている。過半数に達しているゆえ、これから読み上げるとおりに配置転換をせよ」

神官の役職や配置も見直されて、かなりの人数が整理された。国王陛下は顔色が悪いようだけれど、レクス様が睨みをきかせているのでなにも言えない状態だ。

「それから、ゼノビス公爵」

「はっ、なんなりとお申しつけください！　粉骨砕身この国のために尽くします！」

王妃様が浮かべたのは、今まで見たことがないくらい黒い笑顔だった。

「貴様と長女のサリエルは、認定聖女であるミッシェルに対しての虐待、脅迫、暴行、さらには虚偽の報告をして国益を損ねたことにより即刻投獄とする。これが動かぬ証拠だ。またこれらにかかわった者たちは貴族も含めて全員捕らえて投獄している。今頃はサリエルのもとにも騎士が向かっているであろう」

ミッシェルを母と引き離したうえにその母親を毒殺した証拠や、ミッシェルの私室でのサリエルによる折檻の映像記録が提出される。その映像のあまりの凄惨さに、ゼノビス公爵を庇う者は誰もいない。

「よくも今まで、国の宝である聖女に対して非道なおこないをしてくれたな！　生ぬるい死に方ができると思うな!!」

「そっ、そんな！　ミッシェルの件はあくまでも家庭内での躾の一環で、あそこまでやったのはサリエルの独断でございます！　王妃様、私はただ国のためと――」

「黙れっ!!　それ以上くだらぬ戯言を申すならこの場で舌を抜くぞ！　近衛騎士よ、直ちに此奴を連れていけ!!」

そのひと言でゼノビス公爵は近衛騎士に連行されていった。喚き散らし激しく抵抗していたが、あっさりと近衛騎士に押さえ込まれる。猿ぐつわをかまされても漏れ出すうめき声は部屋を去るまで続いていた。

鬼神のような王妃様の覇気(はき)に、私とレクス様以外は息をするのもやっとの状況だ。

王妃様は穏やかそうに見えて、魔物が押し寄せる最前線で二十年にもわたり国を守ってきた猛者(もさ)だ。この素顔を知らなかった重鎮や国王陛下は、青い顔でブルブルと震えている。

「次にブランドについては、第三王子として不適切な言動が多く、王子としての責務を果たせないと判断したゆえ廃嫡とする。これにより認定聖女のミッシェル・リア・ゼノビスとの婚約も解消する」

王妃様の表情は変わらなかった。でも心では泣き崩れているのがわかる。ブランド殿下は確かにいたらなかったと思うけれど、王妃様にとってはかわいい我が子に違いないのだから。

でもこれこそが王族の務めなのだ。身内だからこそ厳しく処分しなければならない時がある。

「当人には昨夜のうちに伝えてある。今は私室で謹慎中だ。そして陛下。最後は貴方様でございます」

国王陛下はビクリと大きく肩を揺らし、そろそろと視線を向ける。

「私か？　いったいなにを……？」

「陛下、私たちはブランドの教育に失敗しました。このような重要な役目を果たせなかった者がトップにいるべきではありません。ランベルトに王位を譲って退位すべきです」

「なっ！　それはさすがに越権であるぞ！」

「承知の上です。ご納得いただけないなら、私にも考えがあります」

「……この場では即答できん。その件は一旦、保留とする」

「かしこまりました。それでは会議はこれにて終了とします」

こうして聖女による聖女のための改革は、敢行されたのだった。


後日、国王は一年後にランベルト王太子に王位を引き継ぎ、引退することを国内外に発表した。

第六章　黄水仙（きずいせん）の花言葉

「ギルティア様、このたびは本当にありがとうございました」

出国する私たちを見送りに来てくれたミッシェルが深々とお辞儀をする。王妃様たちはゼノビス公爵の粛正（しゅくせい）の後始末や改革の残務で忙しそうにしていたので、昨夜のうちに挨拶を済ませてあった。

「いいのよ、これが浄化の聖女の役目ですもの。あ、ほら、視（み）える？」

「っ！　……お母さんっ!!」

私から放たれた七色の光がミッシェルに寄り添って、抱きしめるように包み込む。私の中に残っていた魂の記憶が消えていくと同時に、意思を持ったように人の形となっていった。

魔物になって三年も経っていたからか声は届かないけれど、優しげな瞳はミッシェルによく似ている。

「お母さん……こんなになってまで、ありがとう。私ね、やっと解放されたよ。やっと心のままに生きていけるよ」

『………』

言葉にならない声でもミッシェルは理解できたようで、深く頷き、心からの笑みを浮かべた。それはミッシェルの母の記憶にあった、あの笑顔だった。

「お母さん、大丈夫。私はもう我慢しないわ。幸せになるから、安心してね」

フワリと微笑んだミッシェルの母は私にも笑顔を向けた後、天上へと還っていった。

どれだけの深い愛情をミッシェルに注いでいたか、浄化の聖女にならわかる。記憶だけになっても人型をとれるほど想いは強かったのだ。

母の愛を惜しみなく注がれたミッシェルだからこそ、聖女の魔法に目覚めたに違いない。

聖女の魔法は想いが形になる。

その想いのもとになるのは、あふれるほどの愛だ。

だから聖女はみんな愛情深く、寛容なのだ。

「最後までミッシェルの心が折れなかったのは、お母さんにたくさん愛されていたからなのね」

「はい。お母さんがいたから今のわたくしがあるのです。だからギルティア様、わたくしはブランド様を夫にしますわ」

「えっ⁉　ブランド様を⁉　いいの⁉」

とても失礼な物言いだとはわかっていたけれど、思わず口から出てしまった。廃嫡されたので呼び方も『ブランド殿下』から『ブランド様』へと変わっている。本当にあの残念元王子でいいのだろうか。

「ギルティア様がお許しくだされればですけど……魔物の討伐でずっと一緒に戦ってきたのです。何度もわたくしの命を助けてくれましたから。今度はわたくしがブランド様をお助けしたいと思ったのです」

私が最前線で戦っていた時、ブランド様のそばにいたのは確かにミッシェルだ。私の次に浄化の魔法が使える聖女だったから、王子であったブランド様につけられていた。

私にはわからない、ふたりだけの絆がそこにあったのかもしれない。

「そう、ミッシェルが自分の意思で決めたなら、許すもなにもないわ。私は今レクス様の婚約者ですもの」

「ありがとうございます！　ブランド様はどうやら今回の件が本当にこたえたようなので、わたくしが支えて立派な夫に躾けますわ」

ああ、ミッシェルは王妃様の訓練でずいぶんたくましくなったみたいだわ。聞けばすでに国王陛下と王妃様の許可をもらっているうえ、王妃様には泣いて感謝されたらしい。

ブランド様の廃嫡は変えられないけど、ミッシェルの夫なら準王族としての身分を与えられる。今回の改革でそのように法整備されていた。

誤った報告を受けていたとはいえ厳しい訓練を課したことも王妃様から謝罪され、今ではシーラお義姉様とマリッサお義姉様にもかわいがられているそうで安心した。

「ミッシェルが幸せならそれでいいわ。それでは、またね」

「ギルティア様もどうかお幸せに！」

最後に見たミッシェルの笑顔は、晴れやかで自信に満ちあふれていた。

レクス様の転移魔法で移動すると、白檀のような、ジャコウのような香りがふわりと漂ってきて、ほうっと息を吐く。これは黄水仙の香りだ。

あたりを見渡すと一面に黄水仙が咲き誇っている。風に揺れる黄色の花びらがかわいらしい。

「まあ、ここは……ジョンクイルですの？」

「ああ、少し寄り道していこうと思ってな」

確かにこの旅が終わる頃には、黄水仙が見頃を迎えると言っていたわね……ふふ、あんな些細な話を覚えていてくれるなんて嬉しいわ。

「それにしても素敵ですわ！　ずっと向こうまで黄色の絨毯が敷かれているみたい」

「これをギルティアに見せたかった」

目を眩しそうに細めて、レクス様は足もとの黄水仙を摘み始めた。そしてポケットから金色のリボンを出し、器用にまとめていく。

「黄水仙の花言葉を知っているか？」

いつもとは違う真剣な眼差しに、ドキリと心臓が跳ねた。

「花言葉……私が知っているのは『私のもとへ帰って』ですわね」

「ああ、この街の名に由来する花言葉でもあるな。この街は大きな産業がないから出稼ぎに出るものが多くて、残された家族が花言葉に想いを込めて黄水仙を植え始めたんだ」

「そうでしたの……そんな想いが込められていたのですね」

愛しい家族が私のもとに帰ってくるように、故郷で待っていると思い出してもらえるように。ひとつずつ球根を植えて願いを込めたのね。

その想いを、愛を知ると、目に映る景色が変わる。黄水仙の香りとともに、風にのってその願いが届きますように。そう祈らずにはいられない。

「他にも『もう一度愛してほしい』、『自惚れ』、『自己愛』もある」

レクス様がこんなに花言葉を知っているとは、あらたな発見だわ。ロマンチストなのかしら？

「レクス様は花言葉にお詳しいのですね。意外ですわ」

「黄水仙だけだ。……それと、もうひとつある」

「なんですの？」

強い風が吹いて、緑の葉と黄色の花びらを大きく揺らした。風に吹かれても黄水仙の香りは後から後から鼻先をかすめていく。

「私の愛にこたえて」

その言葉を添えてレクス様は私に黄水仙の花束を差し出した。

受け取った花束のリボンが風になびいて煌めいている。

「……えっ」

「やはり伝わってなかったか」

「えっ、伝わってないとは、どういうことですの？」

ちょっと待ってくださるかしら？　私の勘違いでなければ、レクス様がこの黄水仙の花束に込めた想いが、『私の愛にこたえて』ということなのかしら？

しかもそれは前から伝えられていたの？

そこでレクス様の言葉の数々が、私の脳裏によみがえってきた。

『ギルティアをやっと手に入れたから少々過敏になっているようだ』

『俺のギルティアは魅力的すぎて困る』

『愛しい婚約者を抱きしめたいと思うのは当然だろう』

『ふっ、そんな風に俺を立ててくれる謙虚な姿がまた愛おしい』

た、確かに伝えられていましたけどっ……！　あれは偽装ではなかったの⁉　ああ！　どうりで私の心臓が壊れたように動いていたわけですわね⁉

「ギルティア」

「ひゃいっ！」

いけない、回想していたら思いっきり噛んでしまったわ。

「俺はギルティアを愛してる」

もう私の視界にはレクス様しか入らない。黄水仙(きずいせん)の花畑も香りも吹き抜ける風も、なにもかも感じなくなった。

「同じだけ想ってほしいなんて言わないから、このまま婚約者でいてほしい。俺の妻に、なってほしい」

レクス様の剥(む)き出しの想いに、呼吸がうまくできない。なにかを伝えたいけど、なにを言えばいいのかわからなくて結局なにも言えない。

どうしようもない歓喜が湧き上がっているのに、その感情が暴風雨のように私の心の中で暴れて固まってしまう。

レクス様は本当に私を想ってくださっているの？

どうしましょう、このまま無言でいたら誤解されてしまうわ。でも急に愛を告げられてどうしていいのかわからないのよ!! 私は……自由になりたいのよ。そう思っていたのに、身体が震えるほど嬉しいなんて。

ああ、なんだか視界が暗くなって意識が遠のいていくわ。

「返事は急がないから。ただ俺の気持ちを知ってほしかった……って、ギルティア!?」

私の意識はプツリと途切れ、ふわふわとした心地のまま闇の中に沈んでいった。

＊＊＊

ついに、ついに言ってしまった。

ギルティアに俺の狂おしい想いを告げてしまった。

だけど俺の告白に驚きすぎてギルティアは気を失った。倒れそうになったギルティアを慌てて支えたが、体調には問題がなさそうで安心する。

……俺の告白は気を失うほど刺激が強かったのか？ もう十分すぎるほど愛情を表現していたと思ったのだが……やはり偽装婚約と伝えていたのがよくなかったのか？

そっと横抱きにして冥府の森の屋敷に戻ってきたところで、エイデンとアリアから「なにをやらかしたんですか⁉」と怒られた。

ギルティアへの対応に関しては自信がないので、正直に今までの出来事を執務室で話すことにした。

「はあ⁉　なんで偽装婚約になってるんですか⁉　正式に求婚をするって言っていたじゃないですか⁉　アホですか⁉」

「いや、あの状況では仕方ないというか……婚約は婚約だし」

偽装と勘違いされても婚約者になったのが嬉しすぎて、なにも言えなくなったのは黙っておこう。余計なことを言って、やっぱりやめると言われるのが怖かったんだ。

「あはははは！　ヤバい、レクシアス様ってば面白すぎるぅぅぅ‼」

「しかもギルティア様のご家族に条件を出されたのなら、順番が違うんですよ‼　まずはただの皇子から脱却して、それから求婚すればよかったじゃないですか‼　そんなのレクシアス様なら三日もあればできるでしょう⁉」

エイデンの迫力に視線を逸らすしかなかった。確かにそうなんだが……

「……三日間もギルティアと離れたくなかった」

「ブファッッ‼」

「レクシアス様……だからといって偽装婚約を結んだ後に、本当は好きなんですって告白しても嘘くささ満載なんですよ‼　そもそも偽装婚約中に好意を示しても演技としか思われないです！　余計に事態をややこしくしてどうするんですか⁉」

「……すまない」

なにに対しての謝罪なのか、もはや俺には理解できていない。でも、エイデンに言われた内容には心当たりがありすぎて謝るしかなかった。

アリアは腹を抱えて転がっている。笑いすぎだ。

「はあああ……どうしてギルティア様にだけはポンコツなんですか。それでは、これ以上ギルティア様に誤解されないようにさっさと手続きを進めましょう。誠意を見せて告白は本気だったと理解していただくのです」

「ああ、わかった。それなら一度帝国に戻って皇帝に話してくる。ギルティアを頼む」

「かしこまりました」

俺は三日どころか、一日で片づけるべく帝都へと転移した。

＊　＊　＊

「ギルティア様っ！　目が覚めましたか!?」

目に飛び込んできたのは、碧眼（へきがん）を潤（うる）ませたアリアの泣き顔だった。懐かしく感じるほど馴染んだ天井や家具、クリーム色の壁紙が視界に入る。冥府の森にある屋敷の私の部屋だった。

「アリア……？」

「ああ！　やっと目が覚めましたね！　もう、心配したんですよ!!　一カ月ぶりにお戻りになったと思ったら、レクシアス様に抱きかかえられていたんですから！」

抱きかかえられていたのね……その時の記憶がなくて、本っっっ当によかったわ。絶対に正気ではいられない自信があるもの！

「心配かけてごめんなさいね。ちょっと衝撃的な出来事があって、気を失ってしまったの……レクス様はいらっしゃる？」

「レクシアス様はただいま帝国に行かれております。数日で戻られるそうで、その間はギルティア様にゆっくりお休みいただくよう申しつかっております」

「そう……いらっしゃらないのね」

あれだけの期間一緒にいたのに、目が覚めたらいないなんて……寂しく感じてしまうじゃない。

でもほんの少しだけホッとしたわ。どうやって顔を合わせたらいいのかわからないもの。

あんな風に……あんな風に想いを告げられたのは生まれて初めてだわ。

自分の中ではつい先ほどの出来事が、鮮明によみがえる。

全身を包むように香る黄水仙の花々。風になびく金色のリボン。射貫くような琥珀色の瞳。ほんの少し赤らんだ目もと。

『俺はギルティアを愛してる』

ええ、しっかりと細部まで覚えていますとも！　なんならレクス様の声がわずかに震えていたのにも気付いていましたわ。あああ——っ!!　恥ずかしいですわっ!!　恥ずかしいのに、めちゃくちゃ嬉しいですわっ!!

わかってます、わかっていますの。もう気が付かないふりなんて無理ですわ。

私もレクス様をお慕いしていますのよ!!　それはもうレクス様になにかあったら国を滅ぼしてしまいそうなほどお慕いしていますの!!

「同じだけ想ってもらえるなんて望まないのは、私の方ですわ……」

愛情深い聖女は、一度愛したらとことん愛し抜くのだ。惚れたが最後、死がふたりを引き離してもなお愛を注ぐ。その傾向は聖女の力が強ければ強いほど顕著(けんちょ)だった。

「ギルティア様？　お顔が赤いですよ、大丈夫ですか？」

「えっ、ええ、大丈夫ですわ！　あの、それでレクス様はなにをしに帝国へ戻られたの？」

「なんでも冥府の森に関わる手続きらしいですよ。私も詳しくは知りませんが……エイデン様ならご存知かも。聞いてきます」

早速部屋から出ていこうとしたアリアを慌てて引き止める。レクス様のお仕事に口を挟むつもりはない。ただいつ戻ってくるのか、その参考になればと聞いただけだ。

「そこまでしなくてもいいの。ただ、気になっただけなの」

「レクシアス様のことですから、すぐに戻ってきますよ」

「そうよね、すぐに戻ってくるわよね」

レクス様がユークリッド帝国に戻ってから、二週間が過ぎた。

ねえ、どういうことかしら？　私、レクス様に愛の告白をされたわよね？　なんなら正式なプロポーズもされたわよね？

それなのに二週間も放置されるなんて、どういうことなの⁉

前にも同じようなことがあったような……と思いつつも、私は大人しくレクス様の帰りを待っていた。

その間に屋敷の使用人たちとはすっかり打ち解けて、私についてくれる護衛たちは、任務交代のタイミングで一緒にお茶を飲むのが日課となっている。

「あれ？　ギルティア様、元気ないですね。なにかありました？」

心配して声をかけてくれたのはヒックスだ。死霊使い（ネクロマンサー）との戦い以来すっかり打ち解けて、奥様とかわいらしい三歳のお嬢様の話をよく聞かせてくれる。

「なんでもないの、ただ、レクス様がもう二週間もお戻りにならないから……」

「あ、この前帝都で会いましたけど、ギルティア様に会えなくてめっちゃピリピリしてたっすよ」

そう教えてくれたのは、新米騎士のオスカルだ。甘いマスクが帝都の女性に人気らしい。彼も死霊使い（ネクロマンサー）との戦い以来、私を姉のように慕ってくれている。

「本当？　私に飽きて、忘れられたりしてないかしら？」

「いやあ、それはありえないっすね！　むしろ執着がマシマシっす、安心してください！」

自信満々のオスカルの言葉に、なんだか大丈夫な気がしてきた。

「それにレクシアス様がいたら、オレたちギルティア様にぜんっぜん近づけないんすよ！」

「本当な！　ただ仲間を浄化してくれたお礼を言いたいだけなのに、独占欲強すぎなんだよなぁ」

オスカルとヒックスが私の知らないレクス様の話を始める。そんな執着さえも嬉しいと思う私はかなり重いと思うのだけど、大丈夫かしら？

「オレなんてギルティア様の部屋の方に向かって歩いていただけで、視線で殺されそうになったっすよ！」

「あー、わかるわ。あの殺気は本気だよな」

ヒックスは遠くを見つめて、軽くため息までついている。レクス様の独占欲は嬉しいけれど、部下の騎士様たちが困っているなら改善しないといけない。原因は私のようだし、申し訳なく思う。

「この国でレクシアス様に敵う騎士なんていないんだから勘弁してほしいっす」

「心配になるのもわかるけどな、ギルティア様は女神様だし」

「それは間違いないっすね！　こんなに気さくで素敵な方だと思わなかったっす！」

あら、なにやら話の流れが怪しいわ。私はレクス様の話を聞きたいのよ。私の話なんてどうでもいいのよ！

「ほらほら！　ヒックスもオスカルもお茶を飲んだなら帰りなさいよ！　デカいのがふたりもいたら私の仕事の邪魔よ！」

アリアが呆れたように言い放つ。

「アリア先輩はギルティア様の専属だからいいっすけど、オレたちはこの日勤終わりの時しかここに来られないんすよ！　堪能させてくださいよ！」

「うっさいわね！　レクシアス様に報告するわよ」

ここでアリアが必殺のひと言を投げる。すると、ヒックスがそそくさと立ち上がった。

「さあ、オスカル。お茶も飲んだしそろそろ帰ろうか。オレはまだ死にたくない」

「えええっ！　もうちょっと！　もうちょっとだけいいじゃないっすかー!!」

ヒックスに引きずられてオスカルも部屋から出ていった。さっきまであんなに騒がしかったのに、急にシンとなったせいかレクス様がいない寂しさに拍車がかかる。

「ギルティア様。不安でしょうけど……レクシアス様のことですから、なにかお考えがあるんだと思いますよ」

「そうね……そうよね。はあ、明日は気分転換に森を散歩してみようかしら」

「いいですね！　せっかくですからお昼も森で食べませんか？　ピクニックみたいできっと楽しいですよ」

「あら、それはいいわね！　準備をお願いできるかしら？」

翌日のピクニックを楽しみに、ワクワクした気分で眠りについた。

＊　＊　＊

「お待ちください！　レクシアス殿下！」

ユークリッド帝国の皇帝に会うために、俺は謁見室に向かっていた。

長い廊下を早足で進んでいるが、さっきから事務官がしきりに引き止めてくる。

「レクシアス殿下！　皇帝陛下はただ今ファラル公爵様と謁見中でございます！　どうか約束を取りつけてからお越しくださいませ！　それまでお待ち願いますっ!!」

この言葉に従って謁見の申し込みをしても断られるのはわかっている。妾の子である俺は第二皇子とはなっているが、この城の中でまともに扱われたことなんてない。

おそらく皇帝に届く前に申請は握りつぶされる。自分の意見を通すためには多少の無茶が必要だ。

「そうか、尚更ちょうどいいな」

「レクシアス殿下!!」

事務官の引き止めを振り払い、謁見室の扉を開けてズカズカと皇帝の前まで進んでいく。

俺の足音に振り向いたファラル公爵は鋭い視線を向けてきた。

「お前が会いに来るとは……珍しいな」

俺の父でもあるユークリッド帝国の皇帝は、楽しそうに目を細める。俺の存在に興味がないのか、境遇を知っているうえで無視しているのか、こんな無作法をしても咎められることはなかった。

皇帝は追いかけてきた事務官に問題ないと手で合図を送る。それを見た事務官はほっとした様子で下がっていった。

「ご無沙汰しております、陛下。本日は許可をいただきたくやってまいりました。これはファラル公爵にも関係しますので、無礼を承知で入室いたしました」

「ファラルと関係あるというのはどういうことだ？」

ファラル公爵は言いたいことを察したのか、じっと俺を見据えている。

「冥府の森を俺にください。俺はあの地の王になります」

「……あの魔物であふれる地の王になるだと？　本気なのか？」

「当然です。どのみち、あの土地は俺でないと管理できません。周辺国の王たちからも同意する正式書類を頂戴しています」

さすがの皇帝も瞠目（どうもく）している。

他の者では冥府の森を管理するどころか、自国に襲いかかる魔物を討伐するだけでやっとなのだ。俺が冥府の森の結界を取っ払ったら、さらに厳しい状況になる。国益を考えれば頷くしかない。

「なるほど……で、それがファラル公爵とどう関係があるのだ？」

「俺が冥府の森の王になることで、ファラル公爵の孫娘であるギルティア嬢と結婚するための条件を満たしたと、承認してもらいたい。カメロン王国のマクスター伯爵は、ファラル公爵が承認すれば認めると言っています」

「ほう……ファラルの孫娘か。面白そうだな。ファラルが認めるのであれば、冥府の森の王となるのを認めよう」

皇帝はファラル公爵に一任した。ファラル公爵は沈黙を保っていたが、やがて更なる条件を出してきた。

「それではレクシアス殿下。王になるにあたり、これから申し上げる街の問題を武力は使わずに解決していただきたい。かわいい孫娘を泥舟に乗せるわけにはいきませぬゆえ」

ここでさらに条件追加か!?　わかっている、ファラル公爵は俺の政治的手腕を証明しろと言っているのだ。くっ……ギルティアを正攻法で手に入れるためだ、仕方ない。

「わかった。一覧にしてくれ。すぐに片づける」

ニヤリと笑った顔が黒く見えたのは気のせいだろう、と思うことにした。


本気を出したのは何年ぶりか。

皇帝の命令で剣や魔法だけでなく、皇子としての教育も受けていたので、ファラル公爵の課題は難なくこなすことができた。

「しかし……このリスト、盛りすぎだろう！　しかもなんでギルティアとのふたり旅にヤキモチ焼いてんだ⁉」

リストの表紙には、ファラル公爵直筆のメッセージが添えられていた。要約すると『ワシは八年ぶりにやっとギルティアに会えたのに、レクシアス殿下が一カ月近くもふたりで旅をしていたのはズルいから、この案件を片づけろ』という内容だった。

待ってくれ、その八年ぶりの再会をセッティングしたのは俺なんだが。しかも振ってきた案件はどれもこれも第一皇子や第三皇子の処理すべき案件じゃないか？

アイツらこんなに仕事を溜め込んでいたのか……まあ、俺には関係ないが。

これをすべて片づけて、冥府の森の王となりギルティアを俺だけのものにするんだ。

溜まりに溜まった案件を片っ端から処理していく。ファラル公爵がつけてくれた事務官のデレクが優秀なこともあり、処理は順調に進んでいった。

「これは……現地を見ないと処理できないな」

「それでは馬を手配します。すぐ出発されますか？」

「いや、馬は不要だ。俺に掴まれ。転移する」

「えっ⁉　転移って転移魔法ですか⁉　レクシアス殿下は転移魔法が使えるのですか⁉」

そんなに驚くことか？　皇子だったら転移魔法くらい使えるだろう？

「皇子だからな、当然だ。いいから、さっさと行くぞ。早く終わらせたい」

「そんな……処理の速さといい的確な指示といい、こんなに優秀な方が……」

デレクがなにやらゴニョゴニョ言っているが、どうでもいいのでスルーする。

そんなことよりも、もう三日もギルティアに会っていない。そろそろ禁断症状が出てきそうだ。

移動しようとした時、ノックの音が聞こえた。返事も待たずに入ってきたのは、半年前に入団したばかりの騎士オスカルだ。

気を抜くとギルティアのことで頭がいっぱいになってしまう。

「レクシアス様～、定期報告に来たっす！」

元々オスカルは第一皇子直轄の騎士団に所属していたのだが、有能ではあるものの態度が悪くてクビになりそうだったのを俺が引き受けた。諜報活動もできる騎士なんてそうそういないから大いに役立っている。リンクデールの街でもいい仕事をしてくれた。

「オスカル、返事を待ってから入ってこい」

「あー、スミマセン！」

「で、ギルティアはどうだ？　変わりないか？」

「ギルティア様は大丈夫っす！　最近は警護の交代時にお茶に誘ってくれるんすよ。ギルティア様は天使様なんすか？　あんなに綺麗でお嬢様なのに気さくな方で、冥府の森の騎士団はみんなメロメロっす！」

「おい、誰がギルティアとお茶を飲んでいいと言ったんだ？」

殺気に近い覇気(はき)を放つも、オスカルは平然として答える。

「ギルティア様っす！　断ったら悲しいお顔をされるんすよ。え、まさか、レクシアス様の大切な方にそんな悲しい思いをさせるわけにはいかないっすよね!?」

「……そうか、なら仕方ない」

くそっ！　ギルティアと交代のたびにお茶をしているだと!?　俺だって……俺だってギルティアとお茶をしたいんだ！　ていうか会いたいんだ！　だが、ファラル公爵から諸々の処理が終わるまで接近禁止令が出されている。そうでなければ冥府の森から転移魔法で通うものを!!

「なにがなんでも速攻で終わらせてやる」

「おお、レクシアス様、やる気満々ですね！　今度ギルティア様とお茶する時はレクシアス様の話もしておくっす！」

「ああ、ギルティアが俺を忘れないようにしてくれ。頼んだ。デレク、行くぞ」

「あ、出かけるところだったんすね！　いってらっしゃ～い！　エイデン様にもちゃんと報告しとくっす！」

時々冥府の森の騎士たちからギルティアの話を聞きながら、事務官と一緒に移動して各地の問題を片づけていった。しかし次から次へと案件が持ち込まれ、結局ファラル公爵に認めてもらうまで二週間もかかってしまった。

長かった……やっとだ。後はギルティアの同意さえ得られれば、ギルティアを妻にできる！　……これが最難関なんだが。

皇帝の前でこの二週間を感慨深く振り返っていたら、いつのまにか承認式が終わっていた。皇帝のサインと玉璽(ぎょくじ)の入ったやけに高級な羊皮紙を受け取る。

冥府の国ハデス——これから俺が治める国の名だ。

「冥王ハデスの誕生である。皆のもの頭(こうべ)を垂れよ！」

皇帝のひと言でその場にいる重鎮たちが次々と膝をつき、頭を下げていく。

この瞬間から俺が王となったのだと、皇帝は知らしめたのだ。ほんの少しだけ和らいだ俺と同じ琥珀色(こはくいろ)の瞳からは、確かに父からの想いを感じた。

だけど今俺がほしいのは父からの愛情じゃない。そんなのもう期待もしていない。

俺がほしいのは愛しい彼女だけだ。

＊　＊　＊

わたくしは浄化の認定聖女ミッシェルとして、溜まりに溜まった最後の言葉を届けるべく国内を駆け回っていた。もちろんブランド様も連れて歩いて、聖女の仕事をその目でしっかり見てもらっている。

ギルティア様がわたくしを救ってくださってから、あっという間に一週間が過ぎた。

カメロン王国は先日の聖女改革会議によって高位の貴族が多数投獄され、国王陛下や王妃様は日夜その処理に追われている。

今日三件目の最後の言葉を届けに、私は王都の南にある小さな街まで来ていた。

「嘘よ、嘘よ！　あの子が死んだなんて……しかも魔物になっていたなんて!!　どこにそんな証拠があるのよ!!」

「……お母様のお気に入りのカップを割ったのは自分だと、ご子息様はおっしゃっていました。青い薔薇が描かれた、とても綺麗なカップでしたね。毎日それで紅茶を飲むのがお母様の楽しみで、その時間を奪ってしまったことが申し訳なくて言い出せなかったと、魂の声が聞こえました」

「っ！　そんな……本当に、本当にあの子なの？　ねえ、もうあの子は帰ってこないの？　そんな……うう、ゔゔゔっ」

騎士になったばかりの十六歳の少年だった。未熟な騎士は比較的安全な任務からこなしていく。もちろん彼もそうだったが、本当に運悪く魔物に遭遇してしまい帰らぬ人となった。

危険は承知で騎士になったのだけど、こんなに早く自分が死ぬなんて思っていなくて、後悔と家族への想いが募り魔物になってしまったのだ。

『親不孝でごめんね。お母さん、お父さん、どうか幸せになって』

それでも最後に伝えたかったのは、家族の幸せを願う言葉だ。

「今は悲しくて辛いと思います。だからたくさん泣いて、彼に対するお気持ちを吐き出してください。泣いて泣いて涙が出なくなったら、その時は前を向いて彼の最後の願いどおり、どうか幸せになってください」

それだけ告げて深く礼をして立ち去る。

ブランド様はなにも言わずに、わたくしの後をついてきた。

最初は面食らっていたし、わたくしをなじるご遺族様に憤慨していたけど、今では静かに見守るだけだ。

「ミッシェル……浄化の聖女とはいつもこのように最後の言葉を届けていたのか？」

珍しくブランド様が聖女の役目について問いかけてきた。

「ええ、そうですわ。ご遺族様にとってはわたくしのような者など、それこそ死神にしか見えないでしょうけれど、大切な役目ですの」

ブランド様は少しだけ傷ついたような顔をする。ブランド様はギルティア様を死神聖女と呼び、なじり続けてきた。自分がどのような仕打ちをしてきたのか理解しなければ、本当には変われない。

だからわたくしはあえて耳に痛いことも口にする。

ブランド様が正面から受け止めて考えて、そこから初めて次に進めるのだから。

「ギルティアも同じだったのか？」

「ギルティア様は浄化した魂の数も桁違いでしたから、わたくしの比ではありませんわ。もっと孤独でお辛かったことでしょう。笑顔さえも忘れてしまうほどに」

ブランド様は「そうだな……」と言ったきり黙り込んでしまった。少しずつだけどブランド様は変わっている。

わたくしはブランド様を信じている。だってその身体を張ってわたくしを何度も助けてくれたのは嘘ではないから。誰かのために自分を差し出せるブランド様だから信じられる。

それ以降、ブランド様はわたくしの聖女の役目を積極的に助けてくれるようになった。おかげで溜まっていた最後の言葉は順調に伝えることができて、残りわずかとなった。


ギルティア様が冥府の森に戻られてから二週間が経つ頃、国王陛下と王妃様から緊急の呼び出しを受けた。

「国王陛下、王妃様、至急のご用件があると伺い、まいりました」

「ミッシェル、待っておったぞ」

謁見室には国王陛下と王妃様、宰相様とブランド様がすでに集まっていた。近衛騎士も団長を残して、ほかの騎士たちは下がっていく。只事(ただごと)でない空気を感じた。

「よし、いいか。心して聞くのだぞ。実は……ゼノビス元公爵とサリエル嬢を収監していた牢に突如魔物が現れて、ふたりの行方がわからなくなっているのだ。ほかにも収監されていた者が数名、行方不明になっている」

「それは……本当ですか？」

「うむ、なぜ突如牢に魔物が現れたのかも含めて調査しておる。それでミッシェルに来てもらったのは、ミッシェルの身辺に危険が迫る恐れがあるゆえ国で保護するためだ」

そんな、お父様とサリエルお姉様の行方がわからないなんて……あの人たちを放置しては危険だわ。間近で見てきたからわかる、特にお父様――ゼノビス元公爵は目的を果たすためなら手段を選ばない。

しかも牢に魔物が出るなんて、そんなの聞いたことがないのに。そもそも王都は代々守護の認定聖女様が結界を張っているのだから、魔物は入り込めないはずだ。

――それなら、魔物はどこからやってきたの？

「ミッシェル、私もマリッサの結界を確認してみたのだけど、どこにも綻びがなかったわ。だから外から入ってきたとは考えにくいのよ。それで調査も行き詰まっているの」

「そうですか……魔物が入ってこられないなら、牢の中で発生した……発生、させた？」

「ミッシェル様、なにか思い当たることがございましたか？」

宰相様の問いかけに、ハッと視線をあげた。

あれはいつだったか、屋敷の地下室にお仕置きで閉じ込められていた時だ。

わたくしを折檻しに来ていたサリエルお姉様がとても綺麗な箱を見つけた。七色に輝く立方体の不思議な箱は黒い金属に縁取られていて、どうやって開けるのかもわからなかった。

ところがなにかの拍子に蓋が開いて、サリエルお姉様の魔力を吸う黒い塊が現れたのだ。

すぐに浄化したから問題なかったけど、サリエルお姉様の悲鳴で駆けつけたお父様がその箱を見て、珍しく上機嫌だったので覚えている。

「宰相様、ひとつ確かめたいことがあります。公爵家の屋敷への立ち入り許可をいただけますか？」

「なにかあるのですね？　ミッシェル様なら許可などなくとも入っていただけますよ」

期待のこもった瞳であっさりと頷かれ、わたくしは「それでは失礼します」と挨拶だけして謁見室を後にした。それを追いかけてきたのはブランド様だった。

「ミッシェル、私も同行しよう。騎士も精鋭を何人か連れていけるよう、陛下に許可もいただいた」

「ブランド様……ありがとうございます」


公爵家に到着すると、すぐさま地下室へと向かう。

思い出される折檻(せっかん)の日々を振り払いながら、鉄製の扉を開けた。ここには公爵家の歴史が詰まっている。代々当主の手記や家系図から始まり、受け継いできた装飾品なども置かれていた。

牢に入れると明らかに虐待とみなされるため、公爵家の血を引いた者とその配偶者しか開けられないこの部屋によく閉じ込められたのだ。わたくしが開けられることがあの人の娘で間違いないと証明されているようで本当に嫌だったけど、今日ばかりは感謝だ。

ブランド様と近衛騎士たちにも手伝ってもらい、あの小箱を捜す。だけどいくら捜しても見つからない。

「やっぱりないわ……だとすると、お母様かしら」

「公爵夫人ならすでに離縁して、実家の領地に戻っているはずだ。行ってみるか？」

「ええ、お願いします。時間が惜しいですから転移魔道具で向かいましょう」

「わかった。往復分の魔道具を用意してくる」

ブランド様が用意してくれた転移魔道具を使い、元公爵夫人のもとへと向かった。


ブランド様とふたり白い光に包まれて、馬なら三日かかる距離を一瞬で移動する。かつての義母の実家は、とある地方都市にあった。わたくしたちが訪ねると、使用人が焦った様子で義母のもとまで案内してくれる。

ぎょっとしている義母に、なにかゼノビス元公爵に頼まれたことはないかと尋ねると、悲鳴のような声で答えた。

「わ、私はなにも知らないわっ！　ただ、離縁状を書いてやるから箱を持ってこいと言われたのよ!!」

「お母様……いえ、元公爵夫人、その箱は七色に輝く立方体の箱ですか？」

「え？　ええ、そうよ。変わった箱で気味が悪かったけれど、離縁しなければ私まで死刑になると聞いたから、どうにか堪えて持っていったのよ！」

義母の処刑なんて話は出ていない。直接的に折檻したのはあくまでもお父様とサリエルお姉様だ。この人はなにもしなかっただけ。わたくしが悲鳴を上げても泣いていても、なにもしなかっただけだ。

きっとお父様がうまく言いくるめて、七色の箱を持ってこさせたのだろう。

「ブランド様、おそらく七色の箱は魔物を発生させる魔道具です。お父様はそれを使って牢で騒ぎを起こして逃げ出したのですわ。魔力を提供するサリエルお姉様も一緒にいるはずです」

「そうか、ミッシェルは追うのだろう？」

「ふふ、もちろんですわ。あれでも身内ですし、魔物の相手は得意ですもの」

ブランド様に理解してもらえたのが嬉しかった。今までは上っ面の褒め言葉だけで、わたくしをちゃんと見てくれていなかった。でも、今はわたくしをしっかりと見て受け止めてくれている。

それがなにより嬉しかった。

「そっ……そんな！　魔物を発生させただなんて……！　待って！　私は、私はどうなってしまうの⁉　ねえ、もう離縁しているのよ‼　私はあの男に騙(だま)されたのよ‼」

「……元公爵夫人、わたくしには人を裁く権限はございませんの。国王陛下にご報告いたします。沙汰(さた)をお待ちくださいませ」

「そんな！　いやあああっ！　あの男っ！　あの男のせいよおおっ‼」

わたくしたちは一度王城に戻り国王陛下に報告を済ませた後、ゼノビス元公爵の捜索隊に加わった。

第七章　枯れない心

目が覚めたのは、東の空がほんのり明るくなる時間だった。

早い時間に目覚めてしまったのは、胸がざわりと騒いだ気がしたからだ。ピクニックが楽しみすぎて気持ちが昂(たかぶ)っていたからかと、またまぶたを閉じた。それが前兆だったなんて、その時は気が付かなかった。

「今日もいい天気ね。ピクニック日和だわ。アリア、お昼の飲み物にハーブティーも持っていきましょう！　この前仕入れたのが――」

「ギルティア様っ!!」

朝の平和なひと時に飛び込んできたのはエイデンだった。ノックなしで部屋の扉を開けたのには驚いたけど、切羽詰(せっぱつ)まった様子になにかあったのかと不安がよぎる。

「ギルティア様、今すぐここからお逃げください!!　アリア、ギルティア様を連れてレクシアス様のもとへ向かえ!!」

「エイデン様、いったいなにが？」

アリアが短く聞き返す。

「魔物の大群が、ありえないほどの大群が森で発生している。レクシアス様の結界があるとはいえここも危険だ。今すぐ避難するんだ」

エイデンの答えに私は息を呑んだ。

なんですって？　魔物が大量発生しているというの？　大量発生するほどの魂は集まってなかったし、仮に魂がいたとしても、魔力を取り込んで魔物になるのにはもっと時間がかかるわ。それなのにどうして⁉

「待って、私も冥府の森に向かうわ」

「いけません、ギルティア様はレクシアス様の大切なお方です。危険に晒すわけにはいきません！」

「そうですよ！　私だって専属護衛として役目を果たす時なんです！」

エイデンとアリアも決して退かない。お互いの信念がぶつかり合うも、階下の喧騒にふたりの意識が逸れた。私はその隙に階段を駆け下りる。

そこにいたのは血まみれの騎士たちだ。幾人もの騎士たちが担ぎ込まれている。その中に昨日お茶を楽しんだばかりのオスカルやヒックスもいた。

「っ！　いったいなにがあったの？」

「ギルティア様！　こちらに来てはダメです！」

「申し訳ありません、どうかお下がりください！」

騎士たちの気遣いはわかるけど、この緊急事態にそんなことを言っている場合ではない。

「私の話を聞きなさい‼」

私の一喝にさっきまでの喧騒が嘘のように静まり返る。

耳に届くのは深い怪我を負って苦しんでいる騎士のうめき声だ。

「私は浄化の聖女よ。カメロン王国の聖女は、最前線こそが戦う場所なの。誰かの背中に隠れて守られるだけなんてごめんだわ！　レクス様がなんと言おうと、私は私の意志でどこに行くか決めます！」

そして、いまだに迷っている騎士たちに声高く命じる。迷うな、迷っていては生き延びられない。私ですら使えばいいのだと、そう気持ちを込めて。

「さあ、最前線に案内しなさい！　レクス様が不在の今、なにがあっても冥府の森は私が守ります!!」

そうよ、だってこの冥府の森にはレクス様の大切な人たちがいるの。あんなにレクス様を理解して忠誠を誓い、慕ってくれる騎士たちに代わるものなんてない。そして、もう私にとっても大切な仲間なのよ。

なんとしても騎士たちの命と、レクス様と出会ったこの森を守り抜くわ！

冥府の森はいつもとは違う空気に包まれていた。

肌にまとわりつくような気持ち悪さが、魔物の発生源へ近付くほど強くなっていく。

「ギルティア様、大丈夫ですか？」

「この気配……魔物かしら？」

「ええ、おそらく。騎士の中には剣もまともに振るえない者も出ています」

エイデンは苦しそうにしつつも、私を気遣ってくれる。彼も剣を使いにくそうにしていて、影響が出ているのが見てとれた。

「私にとっては空気が気持ち悪いだけで問題ないわ。でも、早いところ浄化しないと危険ね」

たどり着いた最前線は惨憺たる状況だった。

レクス様の率いる冥府の森の騎士団は少数ながらも精鋭ぞろいだ。その騎士たちが、魔物を食い止めるだけで精一杯になっている。

つまり魔物一体一体が強力なのだ。それが絶え間なく湧き出ていた。

「黒薔薇の鎮魂歌!!」

次の瞬間、いばらが目の前の魔物を絡めとり、次々に黒い蕾をつけていく。そして私は想いを込めて天上の鎮魂歌を唄う。

「迷いし魂たちよ。どうか安らかに眠れ。貴方の想いは真実。貴方の想いは深い愛。貴方の想いは永遠に。さあ、天上へお還り」

咲き誇った黒薔薇は歌の終わりとともに、はらはらと散ってゆく。だけどいつもと違うのは、最後の声が聞こえないことだ。

これだけの数の魔物を浄化してなにもないなんてありえないわ。これは……魂の自我が消えてなくなっている!? 間違いない……今私が浄化した魂は自我がないのに、どうやったのか魔力を与えられて怨念の塊となってしまっているわ。

「それでこの空気になるわけね。魔物から怨念があふれ出しているもの」

でも、自我のない魂にいったいどうやって魔力を取り込ませたの？　この世にとどまるほどの想いを持たない魂は、すぐに天上に還るというのに。マズいわね、この森でなにかが起きているわ。

「ギルティア様っ！」

「こんなところまで来てくださったのですか!?」

「すごい……あれだけの魔物が消え去った……」

「やっぱりギルティア様は女神様だっ！」

突然浄化された魔物たちに呆然としていた騎士たちが我に返り駆け寄ってくるけど、みんな満身創痍だ。

「エイデン、この空気に影響を受けている騎士たちは屋敷に戻して。私が浄化している時に襲ってくる魔物を食い止めてくれる騎士がいれば十分よ」

「それはできません！　レクシアス様からギルティア様をお守りするよう命令を受けています！　ここまでお連れしたのもクビを覚悟のうえです！」

エイデンの覚悟は強い。私をここまで連れてきたのだから、引く気がないのもわかる。

でも、このままでは命を落とす者も出てしまうわ。いつもの魔物じゃないもの。なんとかしないと……！

「よくお聞きなさい！　負傷して屋敷に戻った騎士たちの治療や後方支援を的確に指示できるのは、今この場ではエイデン、貴方だけなの！　お願い……私は大切な仲間である貴方たちを、誰ひとりとして失いたくないの!!」

グッと唇を噛みしめたエイデンは、チラリと周りを見渡す。怪我をして満足に力を出せない騎士や、この空気に蝕まれた騎士たちが膝をついている。状況は悪化するばかりで、このまま騎士たちに戦闘を強いたら下手すれば全滅してしまう。

なにより魔物に関しては、浄化の聖女である私以上に対応できる者はいない。

「……わかりました。ですが、約束してください。危なくなったら必ず逃げ出すと！　レクシアス様に特急で知らせを出しますから、どうか生きて戻ってください!!」

「もちろんよ！　誰も死なせないし、私も死なないわ！」

こうして残った数名の騎士たちと、私はさらに森の奥へと足を進めた。

より魔力を取り込んで強さを増している魔物たちを浄化しながらたどり着いたのは、最初にレクス様に捕まった大岩の前だった。

その大岩に黒い呪文が紐のように巻きつき、サリエルを縛りつけていた。黒い呪文は小さな七色の箱に繋がっている。その脇に立つのがゼノビス元公爵だった。

覇気のない昏くよどんだ瞳をこちらに向ける。そして、私の姿を認めるや否や笑い始めた。

「ふっ、ははは！　ふははははっ！　お前はギルティアではないか！　こんなところにおったのか……私をこんな目にあわせた元凶がっ!!　お前が、お前がミッシェルをそそのかし、私を破滅に追い込んだのであろう!!」

「貴方が破滅したのは自業自得でしょう」

「私は知っているのだ！　お前がミッシェルや王妃に告発したと、牢の騎士たちが話しているのを聞いたのだ!!」

「そうだとしてもそれは八つ当たりね。私は聖女の役目を果たしただけだわ」

悪事を働いていなければ告発などされないし、そもそも私は最後の言葉を届けただけだ。もう話が通じる様子ではないけれど。

「黙れ黙れ黙れ黙れ黙れっ!!　お前もカメロン王国も全部ぶち壊してやるっ!!　ぶち壊してから私の王国を築くのだっ!!」

その言葉とともに、黒い呪文がサリエルから魔力を取り込み始めた。冥府の森にあふれる魔力も一緒に取り込み、七色の箱から飛び出してきた魂たちを魔物に変えていく。サリエルが苦しげに悲鳴をあげる。

「ぐうっ、アァアァアッ!!」

この箱……！　箱の中に魂が閉じ込められている。そしてあの黒い呪文が魔力を取り込んで魂に注入しているのだわ！　だから自我を持たない魂が魔物になっていたのね！

「なんて酷いことを……っ!!」

「さあ！　魔物たちよ、この女を食い殺せっ!!」

するとゼノビス公爵がはめていた七色の石のついた指輪が光り、魔物たちがいっせいに私に向かってきた。

「黒薔薇の鎮魂歌!!」

私を取り囲むようにして襲いかかってきた魔物たちにいばらが絡まり、その動きを止める。おびただしい黒薔薇が咲き乱れ、花びらを散らしていった。

あの箱に囚われた魂たちを解放するのよ!! 魂になってまで縛りつけるなんて、私が許さない!!

「迷いし魂たちよ。どうか安らかに眠れ。貴方の想いは真実。貴方の想いは深い愛。貴方の想いは永遠に。さあ、天上へお還り」

天上に還る魂たちの輝きで、冥府の森は七色の光に照らされる。まっすぐに昇っていく光は柱のように天高く伸びていた。

騎士たちは隙を逃さず襲いかかる魔物を切り倒す。

一瞬も気の抜けない状況で神経が研ぎ澄まされてゆく。最前線で認定聖女として幾千、幾万の魔物を浄化してきた。

あの感覚を身体が思い出していく。

「この程度で倒れるような訓練はしてないのよ!!」

「そうですわ！ あの地獄のような訓練は伊達ではありませんのよ!!」

突然の声に驚いて振り返ると、息も絶え絶えのブランド様を従えたミッシェルが悠然と佇んでいた。

「えっ！ ミッシェル!?」

「ギルティア様、わたくしの身内が申し訳ございません。けじめをつけにやってまいりましたわ」

「あら、それはありがたいわね。でもブランド様は大丈夫なの？」

どうやら魔力を使い果たして動けないらしい。とはいえ、ミッシェルが一緒に戦ってくれるなら守り切る余裕もあるだろう。騎士たちはミッシェルとブランド様を魔物から守るように陣形を変えた。さすが冥府の森の騎士たちだ。対応が素早い。

「転移魔法を使っていただいたのです。もう二、三回使えるようにするのが今後の課題ですわね」

あ、ブランド様が青くなりましたわ。若干震えているのは気のせいかしら？　でも前に見た時よりもいい顔つきになっていますわ。

「ミッシェルか!!　ミッシェル、貴様ぁぁぁ!!　裏切り者めぇぇぇ!!」

ゼノビス元公爵が叫ぶや否や、魔物たちが一斉に襲いかかってくる。

「葬送の白百合(フューネラル・リリー)!!」

ミッシェルの浄化の魔法で百を超える魔物が消えていった。

「ミッシェル、魔物を浄化できるようになったの!?　すごいわ!!」

「ギルティア様のおかげです。お母さんの最後の声を届けていただいたから、心のままに浄化できるようになったのです。微力ながら加勢いたします！」

「くっ！　サリエル、お前も公爵家の人間なら私のために役に立つのだ！　その身を捧げて魔物を生み出せ!!」

形勢が逆転したかと思ったのに、ゼノビス元公爵はサリエルからさらに魔力を抜き取っていく。

「ガアアァァアアアッ!!」

生命を維持するために必要な魔力まで抜き取られたサリエルは、黒い呪文に縛られたまま老婆(ろうば)のような姿になり、やがて朽ち果てた。

　ボロボロと崩れて最後には塵となって消えていく。

「サリエルお姉様……！」

「実の娘にまで……！　ミッシェル、次が来るわ！」

　サリエルの魔力で爆発的に増えた魔物は、あたり一面を埋め尽くす。さらに魔物からあふれる怨念は森の空気を穢していった。それでも残った騎士と私たちは、引くわけにはいかない。

　一気に放出された魂はさまざまな魔物に変わり、私たちに向かって牙を剥いた。

「黒薔薇の鎮魂歌」

「葬送の白百合！」

　私とミッシェルの浄化の魔法は、死してもなお縛りつけられた魂たちを天上まで導いていく。冥府の森に絶え間なく天上の歌が響きわたった。

　私はミッシェルとともに魔物の浄化をひたすらこなしていく。だが、七色の箱から出てくる自我のない魂が次々と魔力を取り込み、怨念の塊となって襲いかかってくる。

「ギルティア様！　あの七色の箱は魔物を生み出すのです！　あの箱さえ壊せれば、きっと……！」

「あの七色の箱ね！　わかったわ！」

　魔物を浄化していくが、なかなか箱を壊すまでは至らない。

　それは終わりのない戦いのようにも感じた。いったいどれくらいの魂が、あの七色の箱の中に囚われているのだろう。

自我がないとはいえ、閉じ込められた魂たちが悲痛な叫びを上げているのがわかる。私とミッシェルは突き動かされるように浄化をしていった。

数えきれないほど魔物を浄化し続けて、ついにミッシェルの聖女の魔法が途切れる。

「ギルティア様！　申し訳ありません、わたくし……っ！」

ミッシェルが膝をつき、肩で息をしている。魔力切れを起こして、立っていることもできない状態だ。それなのに魔物はまだ私たちを取り囲んでいる。私たちがふたりとも力尽きて倒れるのを待っているようだ。

「限界まで魔力を使ったのね。無茶はダメよ。大丈夫、私がまだ戦えるわ」

「そんなっ、ギルティア様はわたくし以上に魔物を浄化しているのに……いったいどこからそんな力が……？」

「ねえ、ミッシェル。聖女の力って想いの力なのよ。だからこの想いが枯れない限り、私が倒れることはないわ」

どれだけの泥を被って、どれだけの修羅場を潜(くぐ)ってきたのか、どんな想いで浄化の聖女をやってきたのか。

その想いが魔力の源になり、聖女の力になる。

ひたすら想いを積み重ねて、私はやってきた。

己の信念に従い、魂たちの安寧(あんねい)を求めて。見守ると言ってくれたお母様に届くように。大切なものを守るために。

「黒薔薇の鎮魂歌」

そっと呟いた聖女の魔法で幾百ものいばらが現れ、悪意の塊となった魂たちから魔力を吸い上げる。いばらは七色の箱にも巻きついて黒い薔薇を咲かせていった。

さあ、これで終わりにしましょう。

「迷いし魂たちよ。どうか安らかに眠れ。貴方の想いは真実。貴方の想いは深い愛。貴方の想いは永遠に。さあ、天上へお還り」

私の歌声は森中に響き、あたり一帯が淡く七色の光を放つ。天上に還った魂たちも一緒に唄ってくれていた。

『ギルティア、私も一緒に唄うわ』

聞こえてきたのは、間違いなくお母様の声。静かで優しい吐息のようなお母様の歌声だった。

瞳からこぼれ落ちる雫とともに私の想いもあふれ出す。

「迷いし魂たちよ。私と一緒に還ろう。貴方の想いは涙に。貴方の想いは笑顔に。愛する人は幸せに。さあ、天上へ還ろう」

目もくらむようなまばゆい光に、冥府の森が包まれる。穏やかな温かい光は優しく魔物ごと魂たちを浄化して天上へと連れていく。

そっと目を開くと、魔物はすべて消え去っていた。

先ほどまでの穢れた空気は消滅している。ミッシェルも騎士たちも、ブランド様もみんな呆然としている。

「なっ……なんだとっ⁉　あれだけの魔物を浄化したというのか⁉　くそっ！　箱まで壊れているではないか‼」

「これで囚われていた魂はすべて浄化したわ。ゼノビス元公爵、ここまでよ」

「ぐぅぅぅ……まだだ！　まだ手はある‼」

ゼノビス元公爵は魔物を操っていた七色の指輪を呑み込んだ。すると、全身から血を流して苦しみ始める。

「ううう……ぐあぁぁぁぁっ‼」

獣のような雄叫びをあげたかと思うと、ガクリと倒れ込んだ。

だが次の瞬間、ビクリと身体が震えたかと思うとゆっくりと起き上がりながら魔力で身体をおおい尽くしていく。流れ出る血液は紅蓮（ぐれん）の剣と真紅の鎧に姿を変えていった。

「これは……血濡れの騎士（ブラッディ・ナイト）‼」

滅多に現れない、厄災級アンデッドモンスターだわ‼

騎士たちはこれまでの戦いで体力も魔力も消耗している。ミッシェルも魔力切れだし、ブランド様だって起き上がることができない。

まともに戦えるのは私だけね。いいわ。全力でやりましょう。ここまでの戦いで私自身もレベルアップしたみたいだし、やるしかないわ‼

「黒薔薇の鎮魂歌（レクイエム）‼」

いばらが血濡れの騎士（ブラッディ・ナイト）に絡みつくも、剣の一閃で切り裂かれてしまう。

やはり簡単には倒されてはくれないわね。それでもあきらめないわ……いばらが切り裂かれるなら、切られないようにすればいいのよ!!

「黒薔薇の鎮魂歌（レクイエム）」

私は意識を集中していばらを操作する。狙うは剣を持つ右手だ。いばらが巻きつけば勝機はある。

次から次へと繰り出される攻撃を避けながら慎重にいばらを操り、血濡れの騎士（ブラッディ・ナイト）の右手を拘束した。

血濡れの騎士（ブラッディ・ナイト）はそれを力任せに引きちぎろうとする。

「無駄よ、貴方の力では切れないわ」

さらに浄化の魔法を使おうとした時だ。血濡れの騎士（ブラッディ・ナイト）はいばらに拘束された右手から左手に剣を持ち替え、思いきり投げつけてきた。ギラリと赤く光る剣の先にいるのは――

「ミッシェルッ!!」

私はとっさにミッシェルの前に躍（おど）り出た。気が付けば身体が勝手に動いていた。

迫りくる切っ先がやけにスローモーションで見える。その先端はまっすぐに私の心臓に向かってきていた。

ああ、私はここまでみたいだわ。

この剣が刺されれば、さすがに助からないわね。

今までの人生に悔いはないけど……最後にレクス様にお会いしたかったわ。せっかく自分の気持ちに気付いたのに想いも伝えられないなんて、残念すぎるわよ。

「レクス様……」

思わずこぼれ落ちた愛しい人の名。最後に自分の気持ちくらい吐き出してもいいかしら？

「レクス様……あい――」

私の呼びかけに、応えるはずのない声が鼓膜を震わせた。

「やっと会えた。ギルティア」

艶やかな黒髪が風になびく。熱を帯びた琥珀色の瞳には私が映っていた。

――黒いマントで私を包み込むレクス様が目の前に現れた。

驚きすぎて今の状況が、頭から吹っ飛んでしまう。

「レクス様……嘘、本物……？」

飛んできた剣は甲高い金属音を立てて、レクス様が弾き飛ばした。

「本物だ。待たせてすまない。それでこの状況はなんだ？　エイデンはなにをしている」

「申し訳ございません、私がわがままを言ったのです」

「まあ、詳しい話は後だ。アレを倒す。俺のギルティアに剣を投げつけたのは許せん」

途端に戦闘モードに切り替え、私でも震え上がるような殺気を血濡れの騎士に向けた。

そんな風に私の敵に殺気を向けるレクス様が好ましいと思ってしまう。それほど想ってくれているのかと喜ぶなんて、私も大概だわ。

「ギルティア、少し待っていてくれ。五分で片づける」

「はい、お待ちしておりますわ」

私が答えると、レクス様は名残惜しそうに私を放して背を向けた。その広い背中に心から安堵する。

「血濡れの騎士（ブラッディ・ナイト）か……生まれてきたことすら後悔させてやろう」

いえ、普通に倒してくだされば大丈夫です、と言おうと思ったのに、レクス様はすでに目の前から消えて魔物の前に移動していた。

そのまま無言で思いっきり血濡れの騎士（ブラッディ・ナイト）を蹴り飛ばす。血濡れの騎士（ブラッディ・ナイト）は反撃もできずに後ろに吹っ飛び大木に激突した。

「あ、レクシアス様、めちゃくちゃブチ切れてる」

「ヤバいな、あの魔物終わったな」

なにやら騎士たちが不穏な会話をしているけれど、私はレクス様から目が離せない。鬼神のごとく怒りをあらわにしているのも、雄々しくて素敵と思ってしまう。

さらにレクス様は、大木の根元でうずくまっていた血濡れの騎士（ブラッディ・ナイト）の首を掴んで持ち上げると、今度は大岩に向かって投げ飛ばした。そして先ほど弾き飛ばした血濡れの騎士（ブラッディ・ナイト）の剣を拾い上げ、一瞬で大岩の前に移動する。

大岩に大の字に叩きつけられた血濡れの騎士（ブラッディ・ナイト）は、地面に落ちる間もなく、自身が生み出した紅蓮（ぐれん）の剣でレクス様に貫かれる。だが痛みを感じないのか、己の腹に刺さった剣を引き抜き、レクス様に切っ先を向けた。

「遅い」

レクス様は血濡れの騎士（ブラッディ・ナイト）が振り上げた剣を、漆黒の剣で受け流す。さらにその華麗な剣技で

血濡れの騎士（ブラッディ・ナイト）を追い詰めていった。

血濡れの騎士（ブラッディ・ナイト）はレクス様にまったく歯が立たず、ジリジリと後退していく。

「そろそろ終わりだ」

レクス様が左手を空にかざすと、バチバチと音を立てて魔力が漏れ出した。手のひらを中心に息を呑むほどの魔力が集められている。

騎士たちも言葉を発することなく、その光景を見つめていた。

「神の逆鱗（インペリアル・ラス）」

レクス様の一撃は世界を震わせた。

まさに神の逆鱗（げきりん）のごとく、天上から一本の柱のように雷撃が降り注ぐ。金色の眩（まばゆ）い光が収まると、半径五メートルの地面が真っ黒に焦（こ）げて、血濡れの騎士（ブラッディ・ナイト）を跡形もなく消し去っていた。

厄災級の魔物、血濡れの騎士（ブラッディ・ナイト）は騎士団が三つと選（え）りすぐりの魔導士を三十人ほど用意して討伐にあたる魔物だ。

それをたったひとりで、宣言どおり五分ほどで討伐したのだ。

呆然としてしまったけれど、なんとか我に返り、ゼノビス元公爵の魂を浄化する。ようやく森は静けさを取り戻した。

ほっと安堵の息を吐いた次の瞬間、レクス様の逞（たくま）しい腕に抱き寄せられた。

「ギルティア、やっと……やっと会えた！」

甘く切ない声でレクス様が耳元で囁く。しっかりと抱きしめられて逃げることはできない。

次に会った時には、二週間も放っておかれたことへの文句を言おうと思っていたのに、こんな焦がれていたと言わんばかりの抱擁をされたらなにも言えなくなってしまう。

「ギルティア、俺を見て。俺だけを見て。もう他の男なんて視界に入れなくていい」

マントで隠すように抱きしめ、窒息しそうなほどの独占欲で私を閉じ込めようとする。

そんなに想ってくださるのかと、うっかり流されそうになるのをギリギリで踏みとどまった。

「お待ちくださいませ、レクス様！　あの、今倒したのはゼノビス元公爵だったのです！」

「うん？　俺が倒したのは魔物だったと思うんだが？」

「詳しく事情をお話ししますので、少しだけ放していただけませんか？」

そろそろ心臓がもたなくなるわ。別の意味で死にそうなのよっ！　恋心を自覚したから余計に耐えられないわ……!!

「ギルティア様。よろしければわたくしからレクシアス殿下にお話しいたしますわ」

そこでミッシェルが家族の不始末のけじめをつけようと、声をかけてくれた。

あああ！　助かりましたわ！　ミッシェル！　さすが私の戦友ですわ!!

「わかった。それでは一度屋敷に戻ろう。ああ、そうだ、それから本日づけで俺はこの冥府の森の王となった。だからギルティア、安心して嫁いできてくれ」

「……え？　王に……？　この森の国王になりましたの!?」

「そうだ、ここはもう冥府の国、ハデス王国だ」

ああ、だから二週間も留守になさっていたのね。いえ、そうではなくて、そもそも建国なんてそんな簡単にできるものではないと思うのだけど。二週間でよく戻ってこられたと言うべきかしら？

そんなことを思いつつも、まずは怪我をしている騎士たちの治療と、ミッシェルから事情を聞くために屋敷に戻ることにした。


ミッシェルによると、ゼノビス元公爵はあの会議の後に間違いなく牢に入れられた。ところがゼノビス元公爵は逆恨みし、カメロン王国を潰すために公爵家に伝わっていた古代魔道具を使うことにしたのだ。

夫人に離縁の書類にサインすることを条件に魔道具を持ってこさせ、近くにいた囚人の魔力を取り込んで魔物を作り出した。当然牢の中は大変な騒ぎになり、それに便乗してサリエルを連れて逃げ出したそうだ。

そして魔物を大量に生み出すために、高濃度の魔力があふれる冥府の森へ入り込んだのではないか、ということだった。

「サリエルお姉様は魔力の供給源として連れ出されたようです。あの指輪は公爵家の当主に受け継がれるものでした。このような結果になり、誠に申し訳ございません」

ゼノビス公爵家の最後のひとりとして、そしてカメロン王国の代表として、ミッシェルは深々と頭を下げた。ブランド様もミッシェルとともに頭を下げる。

ブランド様の今までとは明らかに違う態度に内心かなり驚いた。

「なるほど、そちらの事情は承知した。こちらとしては騎士たちに被害が出ているからな、このままで終わらせるわけにはいかない」

「はい、重々承知しております。ここで即答はできかねますが、必ずわたくしが持ち帰り検討いたします」

「では、外交官をひとり冥府の国の民として迎え入れたい。腕利きの者をひとり用意してほしい」

レクス様の提案に私もミッシェルも意図が読めず困惑した。

「そうだな、マクスター伯爵を寄越してくれると助かるな。帝国とも繋がりがあり、経験も豊富で、立ち上げたばかりの国でもうまくやってくれそうだ」

「レクス様……！」

突然出たお父様の名に驚く。

「無理にとは言わない。本人が拒むなら他の者で頼む」

「しかとお伝えいたします」

話を終えたミッシェルたちが部屋から下がろうとした時、ブランド様が足を止めて振り返る。私を見つめる視線には、以前のような侮蔑の色はなかった。

「ギルティア……嬢、謝って済むことではないが、今まで申し訳なかった。私はなにも理解していなかった。本当にすまなかった」

そう言って深く頭を下げた。

あの傲慢で人の話を聞かないブランド様の変化に、ますます驚く。ミッシェルに視線を向けると、慈愛に満ちた瞳でブランド様を見つめていた。

「――謝罪を受け入れますわ。ですから、必ずミッシェルを幸せにしてくださいませ」

私の戦友を、浄化の聖女として苦楽をともにした親友を幸せにできるのは、きっとブランド様だけですわ。私にレクス様が必要なように、ミッシェルにはブランド様が必要なのよ。

「任せてくれ。この私のすべてをかけて尽くすと約束する」

ほんの少しだけ見直したブランド様にミッシェルを任せて、私とレクス様は執務室に残り、二週間ぶりにふたりきりとなった。

ちょっと前まではずっとふたりで過ごしていたのに、やけに心臓がうるさくて落ち着かない。レクス様が私の隣に寄り添うように座っているから、いつもの二割増しでソワソワしてしまう。

どうしましょう。なにか話したいのに、なにを話したらいいのか全っ然わからないわ。ええと、まずはこの前の結婚の申し込みのお返事からすればいいのかしら？　そうね、そうしましょう！

「レクス様」

「どうした？」

至近距離で、しかも自分への好意を全面的に押し出してくる、甘くとろけるような美青年を前にして、平常心を保てる人間がいたら教えてほしい。

「なっ、なんでもありませんわっ！」

ダメですわっ！　レクス様が格好良すぎるのと、自覚してしまった想いがあふれてきて、言葉になりませんわっ!!

「では、俺から聞いてもいいか？」

「はい、なんなりと」

よかった、質問に答えるだけなら、この距離でも耐えられますわ。ああ、それにしてもレクス様、少し疲れが溜まっているのではないかしら？　うっすらと目の下に隈ができていますわ。

「ギルティアは王妃になるのは嫌か？」

「え？　いいえ、それに関しては問題ございません。認定聖女の時に王妃教育もしっかりと受けておりますので」

「そうか！　よかった。もしギルティアが望まないなら、王をやめて冒険者にでもなろうかと思っていたんだ」

意外な質問に正直に答えると、レクス様はとんでもないことを言い出した。答えを間違えなくてよかったと、こっそり胸を撫で下ろす。

「確かに……レクス様ならトップクラスの冒険者になれるでしょうけど、責務を放棄してはいけませんわ」

「……俺が望むのは、ギルティアの笑顔だ。ギルティアには笑って心穏やかに過ごしてほしいと願っている」

「レクス様……」

真摯に、まっすぐに向けられる視線に、じりじりと胸を焦がされる。

「そして、そんなギルティアの瞳に映るのは俺だけでありたいと思っている」

「レクス様……あの時の返事をしてもよろしいですか？」

今だわ、私の想いを伝えるのよ。

私だってどれだけレクス様を想っているのか、嫌ってほどお伝えするの。

「今か⁉　ま、待ってくれ。ここではいつ邪魔されるかわからないし、心の準備もしたい。念のため、ふたりきりになれる場所に移動してもいいか？」

慌てているレクス様がなんだかおかしくて、「ふふっ」と笑いがこぼれてしまった。

「それなら……初めてレクス様に出会った場所に行きたいですわ」

「初めて出会った場所か？　うーん、まあ、問題ないか。長く滞在するのは難しいが、それでもいいなら今すぐ連れていく」

「はい、お願いします！」

そうして転移してきたのは、カメロン王国の庭園の片隅だった。

そしてその瞬間、私の中でなにかがパキンッと音を立てて、壊れたのを感じた。

第八章　貴方とならどこまでも

レクス様が転移魔法で移動した先は、カメロン王国の王城にある庭園だった。幼い頃に何度か連れてきてもらった記憶がある。

王子たちの都合がつかない時に、外交官の娘として歳の近い他国の王族の相手をするためだ。

カメロン王国の庭園だと気が付いたのは、ここが特別な場所だったから。誰も来ない庭園の片隅にある一角は、黒薔薇が植えられていて私のお気に入りの場所だった。

「ここは……カメロン王国……どうして？」

ただ湧き上がるのは、ここに来てはいけないという焦燥だ。

なぜだろう、私はある時からパタリとここに来なくなった。

「覚えていないと思うが、俺とギルティアはここで初めて出会ったんだ」

パキパキパキッとなにかが壊れていく音がする。

そして閉じ込めておいたものが、心の奥底から這い出ようともがいている。そうだ、こうなるからここに来てはいけなかったのに。

「レクス様とここで？」

「ああ、あの頃からギルティアは優しくて温かくて、かわいらしかった」

パキッ、パキパキパキッ！

待って、これ以上ここにいたらダメよ。これは思い出してはいけないのよ。思い出したら、私が壊れてしまうの！

「ギルティア？」

バキンッ!!

レクス様の琥珀色の瞳を見たら、閉じ込めていた記憶があふれるように流れ出した。


これは私が八歳の時だ。

ユークリッド帝国から第二皇子のレクシアス・ハデス様がいらっしゃるから、遊び相手になりなさいとお父様に言われた。

おめかしして淑女のようにご挨拶して、退屈されないようにいろいろ話しかけた。琥珀色の瞳をしたハデス様は、今まで見てきたどの国の王子様よりも綺麗な顔立ちをしていたけど、どこか冷めていて反応も薄かった。

ある日、怪我をしている鳥の雛を見つけてふたりで介抱したけど、結局助けられなくて、私が雛の魂を浄化したのだ。

そして生まれて初めて、魂の最後の言葉を他の人に伝えた。

『あの雛が、寂しい時に撫でてくれて嬉しかったと言っていました』

そうしたらハデス様は琥珀色の宝石みたいな瞳からポロポロと大粒の涙をこぼして泣きじゃくっ

たのだ。

私は驚いた。

年上の、しかも皇子様がこんなに無防備に泣くとは思っていなかった。それに、ハデス様が最後には『ありがとう』と言って微笑んでくれた。

私が雛の言葉を届けたことを、喜んでもらえて嬉しかった。

七色の光はお父様やお兄様、使用人たちに見えていないのは理解していた。でもハデス様には明らかに視えていた。視線を見ればすぐにわかる。私と同じところを視ていたから。

だから七色の光から聞こえてくる声を届けてみたのだ。

思ったとおりハデス様はちゃんと理解して受け止めてくれた。

私はハデス様が帝国に帰っても、ずっと想っていた。また会えたら今度はどんな話をしようか。どんな風に過ごそうか。今はなにをしているのか。手紙を書いてみたいけど、皇子様だから迷惑になってしまうかもとためらっていた。

そんな風に想いを重ねていたのに、ブランド殿下の婚約者になってしまった。

その時はすでに中央教会に所属していて、父や兄とはほとんど会えない状況だった。そんな中で十歳の子供の意見など届くわけもなく、私は胸が押しつぶされそうだった。

この胸にある気持ちは深くて一途だ。このままブランド殿下と結婚したら、きっと私の心は壊れてしまう。

だから私は中央教会に頼んで、記憶を封じる魔道具を使ったのだ。寂しさのあまり家族や恋人を忘れたいと願う聖女のために、こういう魔道具は常に用意されていた。

忘れてしまえばブランド様の婚約者としてやっていけると思っていた。

幼く愚かだった私は、そう信じていたのだ。


魔道具の効果は、封じ込めた核となる思い出に触れることで解除される。私が核としたのはふたりで過ごしたこの思い出の庭園だ。

万が一、他のどこかでレクス様に会っても思い出さないように。だから私にはレクス様に会った記憶がなかった。

それなのに私の身体が覚えていた。レクス様に会うと心臓が壊れた機械みたいにバクバクと高鳴って、琥珀色(こはくいろ)の瞳に見つめられると頬は紅潮した。そして愛を囁かれると、歓喜に震えて動けなくなった。

私の細胞のひとつひとつが、レクス様を求めて反応していたのだ。

「レクス様……私、魔道具で記憶を閉じ込めていましたの。それなのに人生で二度もある方に心を奪われましたわ」

「それ、は……だ、誰だ？」

レクス様は綺麗な顔(かんばせ)を苦しそうに歪めている。私はレクス様の問いには答えず、続ける。

「その方と初めて会ったのはここ、カメロン王国の庭園の片隅で。二度目は……その場所まで連れていってくださるかしら？」

「……ギルティアが望むなら」

　私が告げた場所は、冥府の森。

　レクス様と再会した、グレートマミーを倒したあの場所だ。あの時と同じ場所に、同じように佇(たたず)む。

「本当に……ここで合っているのか？」

　戸惑い気味の声は自信なさそうに揺れていた。でもその奥に期待と歓喜が渦巻いているのが伝わってくる。

「ふふ、間違いございませんわ。二度目はここで、ある方に再会して心を奪われたのです」

「ギルティア……」

「私の心を二度も奪った責任を取ってくださいますか？　レクス様」

　一歩、また一歩とレクス様が近づいてくる。

　あの時は逃げてしまったけど、今度は決して逃げない。私の愛の重さなど知らないレクス様には申し訳ないけど、もう他の人では無理なのだ。

「ギルティア、これは夢ではないのか？」

「夢ではありませんわ。私は魔道具で記憶を閉じ込めていても、またレクス様に恋しましたのよ」

　レクス様の震える手がそっと私の頬を包み込む。

「本当に……本当に？　あの時からギルティアも俺を想ってくれていたのか？」

今にも泣きそうな顔で、琥珀色の双眸が私を見下ろしている。あの頃よりもずいぶん大人になったのに、変わらない部分に愛しさが込み上げてくる。

「はい、生涯でただひとり。レクス様を愛しております」

「俺も……俺も愛してる。あの時からずっと……！　ギルティアしかいらない。ギルティアじゃないと意味がない。狂おしいほどにギルティアだけを愛してる」

そっと重なる唇は熱く甘く、とろけるような幸せを与えてくれる。

ついばむような浅い口づけから、貪るような深い口づけに。

心の奥まで絡みつく深い愛に、またしても私は意識を手放してしまった。


暗闇の中から意識が浮上していく。

やっとレクス様に私の想いを告げたのに、深く激しい愛を受けて気を失ってしまった。幸せの余韻がまだ残っている。

ゆっくりと目を開けると、飛び込んできたのは号泣しているアリアだ。

レクス様の愛を受け止めてアリアの涙で目覚める流れは二度目ね。いい加減やめなければ。私はアリアの笑顔が見たいのよ。

「ギルティア様っ！　よくぞご無事で！　うわあああああ!!」

「アリア……ああ、心配をかけてごめんなさい。ちゃんと無事で帰ってきたわ。だからもう泣かないで」

「はいっ！　本当にご無事でよかったです……！」

起き上がると、そこはいつもの私の部屋だった。アリアの背中をそっと撫でながら部屋を見渡すけれど、レクス様の姿は見えない。

「レクス様はどちらにいらっしゃるの？」

「執務室です。報告してきます！　レクシアス様もギルティア様が起きたらすぐに知らせるようにおっしゃっていましたから」

「待って、私が会いに行くわ。もう平気だから」

だってレクス様に愛されて息がうまくできなくなっただけなんですもの。恥ずかしくて言えないけど、待つ時間も惜しいくらいレクス様に会いたいのよ。

「ふふ、それではご案内いたします」

はやる気持ちを抑えて、アリアの先導でレクス様の執務室へ向かった。途中屋敷を警護している騎士たちに次々と声をかけられる。

「ギルティア様！　お身体は大丈夫ですか？」

「ああ！　ギルティア様、無理なさらないでください！」

「ギルティア様、起きたっすか！　心配したっすよ！」

「おーい！　ギルティア様が、女神様が無事に起きたぞー‼」

誰も欠けることなく危機を乗り越えられて本当によかった。だけど女神様呼びはやめてくれるよう後でお願いせねば、と思いながら足取り軽く廊下の奥へと進んだ。

レクス様の執務室の扉をノックしようとして話し声に気付く。

「いいか、これは罰だ」

「はい……ですが――」

「反論は許さない、いいな？」

「……承知しました」

レクス様とエイデンの声のようだけど、聞こえてくるのはずいぶんと物騒な内容だ。

まさか……そういえば、エイデンはクビになる覚悟で私を最前線まで連れていってくれたのだ！

私のわがままでエイデンが罰せられることになってはいけないわ！

素早くノックしてレクス様の返答を待った。

「入れ」

短い返事を確認して勢いよく扉を開いた。

「レクス様！」

「ギルティア……！　気が付いたのか！」

レクス様の愛情全開の甘く色づいた瞳を見た瞬間、身体の奥から湧き上がるような熱がぶり返す。

いえいいえいいえ！　ここで思い出してフリーズしてはダメよっ！　レクス様の誤解を解いて、エイデンにはこれからも頑張ってもらわないといけないのだから!!

「レクス様、ご心配をおかけして申し訳ございません。ですが、ひとつ申し上げたいことがございます」

「いったいなんだ？　なんでも言ってみろ」

レクス様は流れるように私を抱き寄せ、ソファに座って膝の上に乗せる。

「……お待ちくださいませ。この体勢はなんでしょうか？」

「ああ、細かいことは気にするな。ギルティア、話してくれ」

ガッチリと掴まれた腰はびくとも動かなくて、心臓が落ち着かない。気になるけれど、仕方がない。そんなことよりも伝えなければいけないことがある。

「エイデンのことなのですが」

レクス様は視線で先を促した。

「あの、エイデンは悪くないのです！　私が無理やり最前線に案内させて、屋敷のことを頼んだのです！　私がいたらなくて、騎士たちに指示を出せないためエイデンに頼るしかなかったのです……だから、エイデンをクビにしないでください！」

ひと息で言い切ってレクス様を正面から見つめる。そこで彼の瞳が氷のように凍てついていることに気付き、ヒュッと息を呑んだ。

さっきまでのハチミツみたいな甘い空気はなくなり、瞳からは光が消えている。しかも一歩間違えば首を切り落とされてしまうような鋭さが宿っている。

「へえ、ギルティアはエイデンが気に入っているのか？」

「え？　エイデンにはいつもよくしていただいていますわ。それがどうかしましたの？」

「そんなに必死になって庇うほど、大切なのか？」

ん？　んんん？　なにか話があらぬ方向に向かっていないかしら？

チラリとアリアとエイデンに視線を向けると、ふたりともブンブンと首を左右に振っている。顔色も若干……いや、だいぶ青い。

「レクス様、誤解のないようにお伝えしたいのですが」

「なんだ？　なにが誤解だというのだ？」

「私が愛しているのはレクス様だけですわ。レクス様がエイデンを、ここの騎士たちを大切にしているから、私も守りたいと思ったのです」

レクス様の頬に両手を添えてさらに続ける。

「だからあの時は最善の方法を選んだのですわ。もちろんエイデンもアリアも私が最前線に行くのを反対しました。でも、私はレクス様が大切にしている人たちを守りたかったのです」

「ギルティア……そんな風に思っていてくれたのか」

「ふふ、聖女の愛は深いのです。覚悟なさいませ」

ここでやっとレクス様がいつものように、優しく微笑んでくれた。どうやら正しい方向に修正することができたようだ。

「そうか。それなら問題ない。エイデンには罰として、ハデス王国の宰相として馬車馬のように働けと命じたんだ」

「まあ、そうでしたの！　申し訳ありません、早とちりしてしまいましたわ」

「いや……一瞬、厳罰に処した方がいいかと思ったけど、ギルティアがそこまで言うならやめておく」

「ええ！　その方がよろしいですわ！　部下を大切にできない方は好ましくありませんもの」

こ、このくらい言っておけば大丈夫かしら!?

ああ、エイデンもアリアも半泣きでコクコク頷いているわ。これで正解なのね!?

「そうか……じゃあ、アイツらの処罰も考え直すか……」

えっ!?　それは誰のことですの!?　他にも今回の件で処分される方がおりますの!?

——仕方ありませんわ、これも自分の蒔いた種ですもの。

本当はふたりきりの時にお話ししたかったのですけど、レクス様の気を逸らすためにもここで切り出すしかありませんわ！

「それともうひとつ、お話があって来ましたの」

「もうひとつと言わず、思っていることはすべて話してくれないか？　ギルティアの願いはすべて叶えたい」

「ふふ、わかりましたわ。ではレクス様、いつになったら私を愛称で呼んでくださるの？」

「はっ……い、いいのか？　俺がギルティアを愛称で呼んで……呼ばせてもらえるのか？」

耳まで赤くして尋ねてくるレクス様がかわいい。

より一層大きく心臓が跳ねたけれど、なんとか正気を保つことができた。少しだけ進歩した自分を褒めたい。

「ええ、もちろんですわ。私を愛称で呼んでいいのはレクス様だけでしょう？」

「と、当然だ！　では……ティ、ルティと呼んでもいいか？」

「はい、レクス様！」

「あー、幸せすぎてヤバい」

そっと私の肩に額を乗せるレクス様。そんな彼の背中に腕をまわして、なんとか全員が平穏な日々を送れるように全力を尽くす。

「私はレクス様が大切になさってる騎士の方たちにも、幸せになっていただきたいですわ。皆さん、私を守るために本当に尽くしてくれましたの。処罰ではなくて褒美を取らせてほしいくらいですわ」

「そうか……ではルティを危険に晒したことは目を瞑ろう。褒美というか、今回の件を労う意味で宴会でも開くか」

「さすがレクス様ですわ！　素敵な提案ですわね」

はあああああ……なんとか、騎士たちの平和を確保しましたわー!!

いろいろと削り取られましたけど、これで騎士たちにわがままを言ったのは許してもらえないかしら？


その後、冥府の森では急ピッチで開拓が進められた。

ハデス王国は森に眠る魔石を輸出するだけでも、大きな利益を上げられる。さらに各国の中心地にあるこの森は、安全に通行することができればこれ以上ない最短経路となるため、交通拠点としても重要となる。ある意味発展することが約束された地だ。

レクス様の圧倒的な力で魔物を蹴散らし、私が魂を浄化する。それによって魔物の発生頻度がグンと下がり、冥府の森の安全性が飛躍的に上がった。魔力の磁場は狂ったままだから魔物は発生するけど、レクス様の強固な結界もあるから普通の人でも住める環境になった。

だけど今までの経緯から近隣の国民たちはなかなか冥府の森に入らない。

そこで着手したのが王城の建設だった。

私の屋敷の窓からは、積み上がっていく城の壁がよく見える。城の建築を始めてもう半年が経った。

王城の完成とともに私たちも盛大な結婚式を挙げて、国内外に周知する予定だ。

「すごいわね……もうあんなに出来上がっているわ」

「そうですね、建築家や作業員たちが昼夜問わず進めています。それにレクシアス様の魔法陣で作業が効率化されるから尚更速いですね」

アリアは花瓶に花を生けながら、笑みを浮かべている。

王城の建設のためにやってきた作業員たちがこの地に住み着き、次にその家族もやってきた。そこに目をつけた商人たちが訪れ、やがて飲食店や宿屋が増えて、魔石を求めてやってきた人たちがお金を落としていく。すでに小さな街が出来上がっていた。

レクス様が街の周囲に結界を施し、さらにそれを強化する魔道具を使えば、よほどのことがない限り魔物は街の中に入ってこられない。同じように森を横断する道に結界を張れば、移動も安全だ。

私も日々魔物が復活しないように、国中の魂の浄化を日課にしている。

おかげで最近は遠隔でも魂の浄化ができるようになってきた。努力は裏切らないと実感している。

「そろそろ約束の時間かしら？」

「そうですね、ではこちらは片づけますすね。今日は仮縫いまで終わったドレスと装飾品一式の試着ですよね？　はぁあ、楽しみです！」

「ふふふ、私のドレスなのにそんな風に言ってもらえて嬉しいわ」

「当然ですよ！　我が女神様の晴れの衣装ですから、気合も入ります！」

アリアがそのまま女神について熱弁を振るおうとしたところでノックの音が響く。扉を開けると、夕日色の髪をひとつにまとめて、凛と佇むオリビアが微笑んでいた。

「ギルティア様、本日はお約束どおり仮縫いのドレスをお待ちいたしました」

「オリビア！　待っていたわ！」

ボロボロの教会で母を待ち続けた少女のオリビアは、今やドレス工房『レイシーン』の代表だ。

実は、彼女の腕を見込んで私専属のドレス工房をやってみないかと持ちかけたのだ。あまりに仕立ての腕がいいので、冥府の騎士団の制服も依頼している。

オリビアの呼びかけで腕のいいお針子たちも集まっていて、もう少し街が住みよくなったら移住してくる予定だ。

「それでは早速試着されますか？」

「そうね、装飾品も合わせたいし、お願いするわ」

私は隣の部屋でオリビアと一緒に来たお針子たちに着付けをしてもらう。

今日持ってきてもらったのは、純白のウェディングドレスだ。結婚式のドレスだけは真っ白なシルク・オーガンジーで作りたかった。

そして母から受け継いだロングマリアベール。一枚のベールの縁に華やかな刺繍が施されていて、とても美しい逸品だ。

シンプルなドレスはベールに合わせた薔薇の刺繍がちりばめられて、見ているだけでうっとりする。

「はあ、ギルティア様……本当に素敵ですわ」

「オリビアの腕がいいのよ。このベールにぴったりのドレスだわ」

姿見に映るドレス姿に満足して応接室に戻ると、もうひと組の来客が到着したところだった。

「ギルティア様！　まあ、なんて素敵なのでしょう！　黒いドレスもお似合いですけれど、純白のドレスもいいですわ！」

「本当にステキすぎるわ！　リア姉さん、私が作った髪飾りやアクセサリーで大丈夫かしら……？」

「待っていたのよ、スカリア、セリーナ」

このふたりは南の国シャムスで最後の言葉を届けた姉妹だ。シャムスは宝石の加工が盛んで、アクセサリー職人の姉妹が私の結婚話を聞きつけて、アクセサリー一式を贈らせてほしいと申し出てくれたのだ。

あの時届けた最後の言葉のおかげで吹っ切れたと笑顔で言われて、誇りを持ってお役目を果たしてよかったと心から思えた。

簡単に髪をまとめて、白薔薇の髪飾りとイヤリングをつける。すっかり花嫁姿になった私は、もう幸せの絶頂だ。

ウェディングドレスの打ち合わせも終わり、次の予定の時間が近づいてくる。

今日はレクス様が魔法陣の調整をするために王城の建築現場に出向いているので、差し入れを届けに行く。これはレクス様のリクエストだ。

「私の作ったクッキーがお口に合うといいのだけど……」

「大丈夫ですよ、上手に出来上がっていましたから。まあ、レクシアス様ならなんでも喜ぶから問題ないです」

やけに自信満々のアリアに励まされながら、建設中の王城へと向かう。途中で会ったのはジョンクイルの街で出会った幼い少女のナディアだ。

「ナディア！　サリーさん、こんにちは！」

「ギルティア様！　こんにちは、あら、国王様へ差し入れですか？」

「ギルティアさま！　ねえ、ねえ、聞いて！　きょうはね、いっぱいお手伝いしたんだよ！」

ナディアの母、サリーさんは勤め先である薬屋へ戻るところらしい。薬草の知識があるサリーさんは、仕事を求めて人手不足のこの国へやってきた。ナディアを子守りしながら働かせてくれる職場なんて他にはないと、薬屋の店主に感謝していた。

「ええ、そうなんです。ナディアは偉いわね。そんなにたくさんお手伝いをしたの？」

「うん、これと、こっちのやくそうもナディアが採ったんだよ！」

「それなら、頑張ったご褒美にこのクッキーをあげるわ。おやつの時に食べてね」

差し入れのために大量に焼いて小分けにしたクッキーを渡すと、ナディアは大喜びで太陽みたいな笑みを浮かべた。

「まあ、ありがとうございます！　それではギルティア様がほしい薬草がありましたらおっしゃってくださいね。私がお届けしますから！」

「ええ、その時はお願いするわ。それでは、またね」

今まで私が最後の言葉を届けてきた人たちが、こうやって明るい笑顔で過ごしているだけで私は報われる。

私にしかできないことで、幸せになる人たちがいるなら、これからも頑張れる。


王城の建設地へと急ぐと、地面に描かれた魔法陣の前で難しい顔をしたレクス様が目に入った。

「レクス様！」

「ルティ！　あー、もうそんな時間か。一度休憩にするか」

私はマジックポーチからリボンがついた包みを取り出した。籠いっぱいのクッキーはアリアに渡して作業員たちの休憩室に置いてくるようにお願いする。

「レクス様、お茶にしましょう。今日は私がクッキーを焼いてきましたの」

「そうなのか!?　よし、今すぐ休憩にしよう。テーブルと椅子は俺がセットする」

ウキウキとした様子で聖女仕様の白いテーブルセットを組み立て、レクス様は熱々のお茶とお渡ししたクッキーを並べていく。が、急に凍てつくような空気を放ち出した。

「レ、レクス様？　どうかなさいました？」

「いや、他の奴らもルティの焼いたクッキーを食べるのかと思ったらちょっとな……」

えええ、そんな……ちょっとで済んでいませんわ。でもこんな焼きもちすら嬉しく感じるなんて困ったものだわ。

「レクス様。確かに他の方にもクッキーを焼いてきましたけど、レクス様のだけ特別ですのよ？」

「そうなのか？」

包みを開けてじっとクッキーを見つめるレクス様がかわいらしい。なにもなければ内緒にしようと思っていたけど、クッキーの秘密を打ち明けよう。かわいい焼きもちを披露する婚約者のためなら恥ずかしさなんて気にならない――はずだ。

「他の方へのクッキーは星形ですけれど、その……レクス様だけ……ハ、ハート形なんですの」

「そうなのか！　俺だけハートか……うん、それなら許せる」

私の言葉にレクス様はほんのり頬を染めて、嬉しそうに瞳を細める。

はにかむ美青年って破壊力満点ですわね！　思わずクラッときて、私の恥ずかしさなんてどこかに飛んでいきましたわ!!

そんな甘い甘いティータイムを味わう日々だった。

それからさらに一年が過ぎ、異例の速さでハデス王国の城は完成した。

そして、いよいよ今日は私とレクス様の結婚式だ。

冥府の森の空気は澄みわたり、鮮やかな新緑が揺れている。穏やかな風は木々の間をすり抜けて、草花のほのかな香りを運んできた。

この日のために私はさらに魂の浄化に力を入れ、レクス様は各所の結界に綻(ほころ)びがないか調べて万全を期した。一週間前から参列者の受け入れを始めていて、皆、落成式の済んだ王城で過ごしている。


結婚式は王城内に建設された聖堂でおこなわれる予定になっていた。私が浄化の聖女だからとレクス様が作ってくれたのだ。

花嫁の控室で純白のドレスに身を包んだ私は、娘として家族と最後の時間を過ごしていた。

「ああ、なんて美しい花嫁姿なんだ！　やっぱり結婚はやめにしないか？」

「お父様ったら、ご冗談を」

お父様は五カ月前からハデス王国に移住して、外交官として辣腕(らつわん)をふるっている。おかげで魔石の輸出量はぐんぐん伸びて城の建設費用に充てられた。

「でも本当にギルティアが幸せになってよかったよ。あのままだったらマクスター一家は帝国に亡命することになっていたからね」

お兄様の言葉に驚く。

「え、そうでしたの？　初耳ですわ」

「うん、水面下で動いていたからね。だから僕も帝国で騎士になったんだ。まあ、楽しいし、リーシャがいるから続けるけど」

お兄様がサラッともうひとつの未来を口にする。リーシャ様とは、兄が想い続けてきた帝国の神子様だ。

私の知らないうちにそんな話が進んでいましたの？　なにはともあれ、お兄様が帝国の騎士として活躍されるのが楽しみだわ。

「ギルティア。貴女のこんな幸せな笑顔が見られて私はいつ死んでもいいくらいよ」

「待って、お祖母様。まだまだ元気でいてもらわなくては困るわ。ひ孫に興味はなくて？」

「まあ！　それは長生きしないといけないわね。うふふ」

お祖母様のことだから、まだまだ元気でいそうではあるけれど、気力も大切よね。今は国が安定してないから、子供はもう少し先になりそうではあるけれど。

「ギルティアよ、もしあの馬鹿皇子がなにかしたらすぐにワシのところに来るのだぞ。ワシがなんとかしてやるからな」

「お祖父様、レクス様は馬鹿皇子ではありませんわ。建国の王なのですよ。あんまり意地悪を言わないでください」

「意地悪ではないのだ！　ただギルティアが心配でのう」

お祖父様は、お母様が病とはいえ異国の地で亡くなり、死に目に会えなかったことをずっと悔んでいる。そのせいで余計に私に甘いのだ。でもいざとなったらレクス様の転移魔法で会いに行くから、きっと大丈夫だと思うわ。

家族との時間を過ごしていると、ノックの後にレクス様の落ち着いた声が聞こえてきた。いよいよ結婚式の時間だ。

「ルティ、入ってもいいだろうか？」

「はい、レクス様。どうぞお入りくださいませ」

家族と入れ替わるようにレクス様が控室に入ってくる。正装したレクス様はシルバーの光沢のあるタキシードに、私の瞳と同じ紫色のチーフを左胸に飾っている。鍛え上げた身体のラインが綺麗に出ていて、抜群のスタイルが際立っていた。

左側だけ後ろに流した黒髪は、レクス様の琥珀色の瞳をはっきりと見せてくれる。

初めて見せる純白の花嫁姿は気に入ってもらえたかしら？　レクス様にじっと見つめられて嬉しいのだけど……なにかおかしなところがあったかしら？　無言で見つめられるといたたまれないわ。

私から素敵すぎるレクス様を褒めるしかないと、口を開いた。

「レクス様……とても素敵ですわ。いつもの格好も好きですけど、正装も……ドキドキが止まりませんわ」

「っ、そうか。だがルティほどではない。まるで女神のような美しさだ。このまま閉じ込めておきたい」

大袈裟に褒めてくれるレクス様にそっと抱き寄せられる。私もこんな素敵なレクス様を独り占めしたくて背中に手を回した。

「あら、私の心はとっくにレクス様に囚われていますわ」

「ははっ、囚われているのは俺の方だ。こんなにもルティしか目に入らない」

「ふふ、では私とレクス様は似たもの夫婦ですわね」

絡まる視線は互いに熱を持っていて逸らすことができない。ほんの少しでも愛しい人から目を離したくない。

「ねえ、レクス様は私の愛がどれほど重いか知っているかしら？」

「ふむ、まあ、俺ほどではないだろう」

「そうかしら？　私、レクス様がたとえカエルに生まれ変わっても、見つけられる自信がありますのよ？」

「ふっ、カエルになってもわかるのか。それに生まれ変わっても俺を捜してくれるのか？」

レクス様の整った顔立ちがそっと近づいてくる。額を合わせて、今にも唇が触れそうだけれど、ギリギリで堪えている。

誓いのキスが終わるまで、おあずけだ。

それがカメロン王国のジンクスだから。結婚式の当日、誓いのキスが最初のキスなら、ふたりは祝福されるという言い伝えがあるのだ。

こうやって私とレクス様で一緒に作り上げていくのだ。

私たちが暮らす国を。私たちが幸せになるためのルールを。

「もちろんですわ。レクス様の魂がある限り、何度生まれ変わっても捜して見つけますわ」

「それならルティに見つかる前に、俺の方から捕まえよう。逃げる気も起きないくらい、飽きるほど甘やかしてやる」

あら、最初の頃に何度か逃げ出したのを根に持ってらっしゃいますわね？

でもそう言って、激情を秘めた瞳で見つめられるのがたまらなく嬉しいのですわ。

「……ルティ、愛してる」

「私もレクス様を愛していますわ」

そうしてレクス様の左腕に、白薔薇のレースの手袋をつけた右手をそっと乗せ、聖堂へと一歩ずつ足を進める。私とレクス様は夫婦の誓いを立て、これから先ずっとともに歩んでいくのだ。

たとえ死がふたりを隔てたとしても。

そんなことで互いを愛することはやめられない。

「さあ、行こう。みんなが待っている」

「ええ、レクス様とならどこまでも」

どこまでも、ともに生きよう。

どこまでも、貴方だけを愛している。

女神のご褒美

冥府の国ハデスが建国されて二年。

国王である俺、レクシアス・ハデスは建国記念祭に向けてさまざまな準備を進めていた。その中のひとつに看過できないイベントがあった。

「ルティ、本当に『女神のご褒美』イベントをやるのか？」

「ええ、もちろんですわ！　騎士の皆様たちや国民がだれでも参加できるなんて素晴らしいイベントですもの。私が女神だなんて恐縮ですけれど、みんなが喜んでくれるならいくらでもご褒美を用意しますわ」

俺の愛妻であり、このハデス王国の王妃でもあるギルティア――ルティは満面の笑みでそう言った。

今回の建国記念祭は国ができてから初めての祭りということもあり、かなり手探りの状態だ。そこで国民が楽しめるようなイベント案を広く募（つの）ったところ、とんでもないものが提案された。

それが『女神のご褒美』という競走イベントで、優勝者にはこの国の女神である王妃ギルティアからひとつだけ希望のご褒美がもらえるというものだ。

「……俺は反対だ。ルティのご褒美をもらえるのは俺だけでいい」

執務室で一緒に作業を進めていたエイデンが呆れたようにこちらを見る。

「レクシアス様、いい加減にしないとギルティア様に引かれますよ？　国民より私情を優先する国王なんて幻滅されていずれ離縁されるのがオチですね」

「ぐっ……！　離縁は絶対に嫌だ」

最近、エイデンは離縁をネタに俺をコントロールしようとしてくる。いまだにルティに対しては正常な判断ができないので、逆らえないのが悔しい。

「ふふっ、レクス様。心配する必要などありませんわ。参加者はただ建国記念祭を楽しみたいだけですのよ？　誰からのご褒美でも変わりませんわ」

いや、それは違う。ルティはその辺がどうも鈍いようだが、断じて違う。俺が睨みをきかせていないと、隙あらば野郎共が俺のルティに声をかけてくるのだ。

だが、離縁はなにがなんでも避けたい。

そこで妙案を思いついた。

「わかった。今一度ルールを確認するが、参加資格はこの国の住民権を持っている者であっているな？　身分や役職を問わず参加可能でいいんだな？」

「ええ、そうですわ。それがこのイベントの醍醐味ですのよ！」

「……レクシアス様、やけに物わかりがいいですね？」

「ルティに離縁されたくないからな。国王として努力する」

エイデンが訝しげな視線を向けてくるが、なにも嘘は言っていない。国王だってこの国の住民権を持っているなと思っただけだ。国王として参加し、国王としてルティのご褒美をもらえるように努力するのだ。よし、当日は気合を入れていこう！

建国記念祭は三日間にわたっておこなわれる。王妃であるルティが主催する『女神のご褒美』はこの建国記念祭のメインイベントとして最終日の午後からスタートする予定だ。参加希望者は三日目の正午までに、総合受付で申し込みをすることになっている。

午前中にすべての仕事を終えて、街を巡回すると言って執務室を後にした。言っておくが嘘はついていない。確かにこのイベントで街を一周するのだから。

総合受付のある広場に転移すると、俺の愛しいルティが受付でアリアと会話していた。

「ギルティア様、そろそろ締め切り時間ですね。一度参加者のリストをご覧になりますか？」

「そうね、もう希望者も来なそうだし、お願いできるかしら？」

「はい、こちらでございます」

真剣な面持ちで書類に視線を落とすルティは、俺が近づいていることに気付いていないようだ。目の前までやってきたのに、ブツブツと独り言を口にしている。

俺に気付いたアリアが驚愕で目を見開いた。

「騎士たちがほとんどね。義務ではないのだけど……エイデンまで参加することになっているわ。そんなにご褒美がほしかったのかしら？　え、待って、モリートル・ファラルってお祖父様ではないの！　お祖父様には確かに特別住民権を与えたけど、まさか参加されるとは思ってなかったわ……」

ほう、ファラル公爵も参加するのか、特別住民権など与えなければよかったな。まあ、いい。蹴散らすまでだ。

「『女神のご褒美』に参加したい。受付はここであってるか？」

「えっ！　レクス様⁉」

「ブフォァッ！　ちょ、本気ですか、レクシアス様……ブフーッ！」

なんとか締め切り一分前に滑り込んでイベント参加権を得た。

建国記念祭三日目の午後一時から、メインイベントの『女神のご褒美』がスタートする。いよいよイベントの開始時刻になり、俺のルティが広場に設置された特別ステージに上がった。

「皆さん、本日は建国記念祭にご参加いただき誠にありがとうございます。これよりこの祭りを締めくくるイベントとして、『女神のご褒美』を始めます」

女神のスピーチに参加者や見物客が歓声で応えた。

「それではルールを説明いたします。参加者はこの赤いロープで囲われたコースを進み、ゴールを目指していただきます。最初にゴールした方が優勝者となり、私からひとつだけ褒美を与えます。コースはこの街を一周するようになっており、この広場がスタート地点でもあり、ゴール地点でもあります。またコース内は転移魔法、あるいはそれに類するものは使用禁止です。確実にご自分の足で進んでください。ただし！」

ルティは一旦言葉を切り、会場中を見渡した。そして誰もが見惚れるような笑みを浮かべる。

「転移以外の魔法や武器であればコース内での使用を認めます。万が一にも観客の皆様に被害が及ばないよう、ハデス国王が結界を張っておりますのでご安心ください」

この『女神のご褒美』最大の特徴とも言える特別ルールだ。

これでは危険ではないかとルティが心配していたが、エイデンから「これくらいのルールじゃないと逆に不公平です」と笑顔で言われた。魔法をなしにすれば体力のある参加者が有利だし、武器の使用を認めなければ魔法が得意な参加者が有利になってしまうと力説していた。あれは絶対に自分が優勝するために調整しただけだ。

「なおコースアウトした方は失格となります。説明は以上となります」

ちなみに赤いロープの二メートル外側に、魔法効果も物理的なものもすべて防ぐ鉄壁の結界が張られているので観客に被害が及ぶことはない。ルティにかわいくお願いされたので、張り切って俺が準備したのだ。神の逆鱗（インペリアル・ラス）くらいでないと破壊できないようになっている。

ルティの説明が終わると同時に、広場の空気が殺伐としたものになった。みんな気合が入りすぎだ。まあ、俺は負ける気がしないけどな。

「それでは、スタート!!」

俺の女神のかけ声で建国記念祭の最後を飾るイベントの火蓋が切られた。

参加者たちはルティのかけ声で一斉に駆け出していく。この国の国王である俺が参加していても、誰も遠慮なんてしない。なぜなら参加者のほとんどが冥府の騎士団の団員だからだ。

「お前ら！　少しは遠慮しろ!!」

俺の進路を塞ぐように徒党を組む部下たちに文句を言う。

「なに言ってんですか！　この勝負には役職なんて関係ないんですよ！」

「そうですよ！　そもそもレクシアス様が参加してるのがおかしいのです！」

「ひとりじゃ敵わないんだから、協力するのは当然です!!」

「もともと女神様を独り占めしてるのに、ズルいんですよ！」

クッ、こんなところでチームワークの良さを発揮してくるとは！　だが、これくらいなら俺の敵ではない！

「ならば容赦はしない！」

わりと本気を出して、愛剣を振るった。かわいい部下たちを傷つけないように力加減をするのが難しい。なにせ冥府の森の騎士は屈強な者ばかりだ。手加減しすぎると、通用しない可能性がある。

うまい具合に部下たちを吹き飛ばし、コースアウトを誘った。

「うわっ！　チックショーッ!!」

「本気出すなんて大人気ねぇぇぇぇ！」

「くっそ、なんでこんなに強いんだぁぁ!!」

「オスカル！　レクシアス様を止めてくれー!!」

どうやら次はオスカルらしい。

相手が手強いと強制排除も難しくなる。できれば平和的な解決方法で進みたいが、オスカルは珍しくやる気のようだ。

「レクシアス様、遠慮なしでいくっす！」

「はっ！　俺が負けると思うか⁉」

「実力じゃ無理っす！　だから、これを用意したっす！」

そう言ってオスカルが出してきたのは、なんとルティのミニ姿絵だ。黒薔薇にそっと口付けて、微笑んでいる。

「それは……！」

「知り合いの絵描きに描かせたっす。一点物なので、レクシアス様が引き下がるなら渡しま――」

「いくらだ？」

「……売り物じゃないっすよ」

あんな愛らしいルティの姿絵を、オスカルが持っていること自体が我慢ならない。そもそもコイツは他に好きな女がいるのだ。

「言い値で買い取る。それでセリーナにプレゼントを買えばいい」

「っ！　どうして、レクシアス様がそれを知ってるんすか⁉」

オスカルが、シャムスから定期的にやってくるアクセサリー職人の姉妹の妹に懸想しているのは知っていた。ルティがなんとか仲を取り持ちたいと、少し前に相談してきたからだ。

いつも飄々(ひょうひょう)としているのに、めずらしく真っ赤に顔を染めている。

その様子を見て、この勝負は俺の勝ちだと確信した。

「オスカルがここでリタイアするなら、ルティの姿絵を買い取った上でセリーナを紹介しよう」

「うわあ、そんなの絶対断れないやつじゃないっすか！」

それでもオスカルは他に手立てがないか必死で考えている。しかし対俺用の手札はすでに封じられているはずだ。

「オスカル、あきらめろ。悪いようにはしない」

「あー、もうわかりました！　じゃぁ、金貨三十枚で手を打つっす」

ガシガシと頭をかいて、オスカルは深いため息をついた。

「いいだろう。レースが終わったら対価を支払う」

「その時に金貨と交換するっす。もし約束を破ったら、この姿絵は渡さないっすよ！」

「約束は必ず守る。ちなみにポケットマネーで払うから、ルティには言うなよ？」

「それなら口止め料で金貨十枚追加するっす」

「オスカル……わかった、金貨四十枚だな」

「毎度ありっす！」

やっと笑顔になったオスカルは、その場でしばらく時間を潰してからゴールを目指すと言って休憩し始めた。

だが、まだまだ油断できない強敵がいる。今のところ俺が先頭だが、気を緩めずにゴールを目指してコースを駆け抜けた。

全体の三分の一まで来たところで、背後から風の刃が俺目がけて飛んでくる。

漆黒の剣に魔力を流して風の刃を打ち消した。爆風に煽られて一瞬だけ目を細める。次の瞬間、目の前に剣を振り上げるエイデンが飛び込んできた。

「っ……！」

油断ならない一撃をギリギリで躱して、エイデンと距離を取る。

足を止めている間に後続が追いついたら厄介だ。

ここは早々にエイデンを退けなければならない。

「エイデン、代わりに俺が願いを叶えてやる。だからここは俺に譲れ」

「お断りします。このレースに参加するために、わざわざ条件も調整したんですよ。簡単には引き下がりません」

やはりそうだったか。やけに細かく口を挟んでくると思っていた。

「ほう、ではこの俺と真剣勝負をするというのか？」

エイデンはこれでも、我が冥府の森の騎士団の元副団長だ。俺が国王になるまでは、右腕として事務処理だけでなく、その剣の腕でも実力を発揮していた。

このハデス王国で言えば、二番目に強い騎士だ。そう、あくまでも二番目だ。俺の実力を知っているだけに、直接対決をするとは考えにくい。

エイデンならおそらく、俺と条件の交渉に持ち込むはずだ。

「そうですね、真剣勝負ではレクシアス様に敵いませんから、ここは平和的に交渉をしましょうか」

まったくもって平和的ではない空気の中、エイデンと腹の探り合いだ。

後ろから迫りくるライバルたちに注意を払いつつ、目の前の敵の望みを探る。

「レクシアス様は……このレースでもし優勝されたとして、ギルティア様が喜ばれると思うのですか？」

有能なエイデンは、初手から俺の弱みに深々と切り込んでくる。

ああ、さすが俺の右腕だけある。的確で容赦のない攻撃だ。

「条件を破っているわけではないからな。表立って苦言は言わないだろうが……そうだな、ふたりきりになったら怒られるだろうな」

それすらも俺にしか見せない顔だと思えば、愛しくてしょうがない。怒った顔も、泣き顔も、拗ねた顔も、困り顔も、すべて俺だけに向ければいい。

「それがわかっているなら、大人しく引き下がった方がよろしいのではないですか？」

「ルティの褒美をもらうのは俺だけで十分だ」

「一国の王である方が、ずいぶんと子供じみたことを言うのですね」

「好きに言え。それで、エイデンの望みはなんだ？」

「それを簡単に漏らすほど愚かではありません」

「そうか……そろそろ長期での休みがほしいのか？」

建国してから俺たちもそうだが、エイデンも休みなく国のために尽くしてくれている。

しかし反応を見る限り違うようだ。いつもの冷静で落ち着いた様子に変わりはない。

「では給金か？　労働条件か？　まさか騎士に戻りたいのか？」

わずかな反応も見逃さないように観察するが、どれも違うようだ。

いったいなにがこれほどまでエイデンを駆り立てているのか――

「わかった、アリアか」

ピクリと目元が震えた。これが正解のようだ。

非常にわかりにくいが、エイデンはアリアに片想いしている。まあ、実際には両想いなんだが、
アリアは結婚してルティのそばを離れることに難色を示しているのだ。

忠義心の篤いアリアらしい。アリアがそんな事情など話すわけがないから、ルティはこのふたりが想い合っているのも知らないはずだ。

これに関しては俺の采配でどうとでもできるし、心優しいルティも反対することはないと断言できる。

「なるほどな、アリアはルティのそばを離れるのが嫌だと言っているのだろう？」

「…………」

「正解のようだな。わかった、それならエイデンと結婚しても、ルティのそばにいられるようにしてやる」

「……そのようなことが可能なのですか？」

エイデンが俺の言葉に反応した。ここで説得できれば、俺の勝ちだ。

「ああ、なにに対して不安や懸念があるかによって対応は変わるが、たとえば勤務形態なら結婚後は状況に応じて変更してもかまわない。ふたり一緒に休みを取るのも事前申請すれば認めよう。それから、もし子ができた時は俺たちの子の乳母になり一緒に育てればいい」

俺の提案にエイデンが眉間にシワを寄せて考えている。

それもそうだろう、今までにない労働条件なのだ。ただ、これだけではなにか不足があるかもしれないから、エイデンが受け入れたならルティにも相談して話を詰めなければ。

「条件などいくらでも整えてやるから、結婚後も安心してルティのそばにいられるとアリアを口説け」

「レクシアス様、その言葉に二言はありませんね？」

「当然だ」

かすかに鎧のぶつかる音と、魔法を放ったような風を切る音が耳に届いた。重低音の足音も響いてくる。後続の参加者が追いつこうとしていた。

もう時間がない。

これで決めないなら、強制排除するしかないか……

「承知しました。それなら俺はレクシアス様の右腕として役目を果たしましょう」

「ああ、頼んだ」

「あと、結婚式はレクシアス様たちが式を挙げた聖堂を使わせてください。それでアリアを落とします」

「わかった、手配しよう」

「では、騎士たちは引き受けます。ファラル公爵が残っていますので、ご武運を」

俺は頼もしいエイデンに後続の参加者を任せて先を急いだ。


しかし、残っているのがファラル公爵か……厄介な相手だ。

かなりの実力者だが、それだけなら俺が負けることはない。多少時間がかかっても勝つことができるだろう。

一番の問題点は、ルティの祖父であるということだ。

孫娘であるルティを溺愛していて、夫である俺に当たりがきつい。結婚の了承をもらう時も散々無茶ぶりされたのだ。

やたら俺のルティを独り占めしたがるし、ぶっちゃけ面倒臭い相手だ。

コースは残り四分の一。今は俺が先頭を走っているが、ここで追い抜かれたら巻き返すのは難しい。一瞬たりとも気が抜けない。

その時、背後から紅蓮の炎が襲いかかった。俺を喰らい尽くそうと、龍の形をした炎が狙いを定めて追いかけてくる。

ギリギリのところで身を翻し、炎の龍を躱して漆黒の愛剣を振り抜いた。魔力を通すとバチバチと音を立てて稲妻が走る。

俺の雷属性の魔力と、炎の龍が正面からぶつかり、お互いを消滅させた。

「ファラル公爵か！　まったく手加減なしだな！」

「ふんっ、ギルティアの夫だからといって手を抜くなど、ワシの騎士道精神に反するわ！」

いや、騎士道精神とか関係なく俺にはいつも全力だろう……という言葉は呑み込んだ。

ファラル公爵には剣の指導を受けたことがあり、メキメキ腕を上げた俺を気にかけてかわいがってくれていた。

手のひらを返したのはファラル公爵の屋敷で、ルティが俺を愛称で呼んでからだ。

どれだけ孫娘のルティをかわいがっているのか、よく理解した。だが、俺だってルティのことを他のなによりも大切にしているんだ。

ルティになにかあったら世界を壊してしまうほどには。

「仕方ないな。さすがに統括騎士団長が相手ではエイデンも止められなかったようだ」

「む、あの若造か。確かにいい腕じゃったが、まだ隙が多いのう」

ファラル公爵は十年間もユークリッド帝国の統括騎士団長を務めている猛者だ。剣の腕はもちろん魔力も多く、培ってきた経験と磨き抜いてきた技はあなどれない。

どれだけ不利な状況でも勝利をもぎ取ってきた戦闘のプロだ。

「一応聞くが、ファラル公爵。ルティの褒美をあきらめる気はないか？」

「聞くだけ無駄だ。ワシはギルティアの褒美を譲る気はない！」

「そうか、ファラル公爵相手では加減できない。怪我をしないようにしてくれ」

「はははっ、生意気なことを言うようになったわい！」

ファラル公爵はギロリと俺を睨みつける。その瞳に殺気が込められていた。俺もこの勝負に全神経を集中する。

今度は俺から斬りかかった。

一歩大きく踏み込んで漆黒の剣を横に払うも、わずかに身体を捻っただけで避けられる。

今度はファラル公爵が身体を戻す反動に乗せて、ロングソードを俺の喉元目がけて突き出してきた。サイドステップで回避してそのまま剣を振り下ろすと、勘のいいファラル公爵は頭上で俺の漆黒の剣を受け止める。

「得意の転移魔法は使わんのか？」

「このレースでは使用禁止だ。失格になるわけにはいかない」

「ふむ、どうやらワシの勝機はそこにあるようじゃな」

「どうかな、転移魔法がなくてもファラル公爵に負けるつもりはない」

ニヤリと笑ったファラル公爵が、全力で剣に魔力を込めて俺の剣を弾いた。

そして、すかさず剣に炎をまとわせて、横に一閃する。

俺のマントをチリチリと焦がす炎をやり過ごし、稲妻をまきちらす漆黒の剣を振り下ろした。

ファラル公爵は剣を眼前で構えてそれを受け止める。

何度も俺の剣を受け止めて、ファラル公爵の剣にはヒビが入り始めていた。

「そろそろ決着がつきそうだな」

「むっ、やはり借り物では持たんな」

「ところでファラル公爵、今回は女神のご褒美になにをねだるつもりだ？」

「そうじゃな、ギルティアを一週間ほど我が屋敷に呼び寄せるつもりじゃ。ああ、レクシアス国王は政務があるから、ギルティアだけ寄越してくれれば結構じゃ」

やはりそうか。俺に仕事をさせて、自分だけルティと仲良くするつもりだな。

ルティと俺がふたりで過ごした一カ月に及ぶ旅を相当根に持っているらしい。

「一週間など許可できない！」

「女神のご褒美であれば、レクシアス国王の許可は必要ないであろう！」

いつまでもファラル公爵のいいなりになるつもりはない。ルティはもう俺の正式な妻だ。

思わず全力で魔力を込めてしまう。激しくぶつかりあい、ファラル公爵の剣が折れた。

「チッ！」

剣を失ったというのにファラル公爵の戦意はそのままで、今度は自身の身体を武器にして鋭い蹴りを放ってくる。

俺も剣を戻して素手で応戦した。いくら目の敵にされているとはいえ、丸腰の相手に剣を使うほど卑怯ではない。

ファラル公爵からは『生き残ることがすべて』だと教わった。だから剣を使えなくなっても、その場で使えるものを武器にする。当然己の身体を武器にするため、体術もしっかりと教え込まれていた。

経験と技術で敵わない部分を、反射神経と勘で補い、互角の戦闘を繰り広げる。結界の外にいる観客たちは固唾を呑んで俺たちを見守っていた。

ファラル公爵の重いパンチを左手で受け止め、鋭く放った俺の右パンチはファラル公爵の左手に受け止められた。

お互いにギリギリと力を込めたまま、その場から動けなくなる。

このままでは勝負が長引く。そうなってくると集中力を欠いて、不利になるのは俺の方だ。

魔法を放てば勝てるだろうが、ファラル公爵を倒すほどとなると、結界が壊れてしまう可能性がある。どうやって勝負にケリをつけるか。

俺は肉を切らせて骨を断つ作戦に出た。

「わかった、それではルティと一日デート権を渡す!!」

「なにっ⁉　ギルティアとの一日デートじゃと⁉」

ファラル公爵の両手に力がこもる。

「ただのデート権ではない。この場で引くなら、一日中ふたりきりで過ごさせてやる」

「一日中、ギルティアを独り占めできるのか……！」

「そうだ！　五秒以内で決めないなら、この提案はなかったことにする。五、四……」

「いいだろう！　ワシはここでリタイアするっ!!」

ファラル公爵は宣言どおり、俺の手を放してコースアウトしていった。

勝った……一番面倒な強敵に俺は勝ったのだ。

観客には俺たちの声は届いていないから、ファラル公爵が俺を立てて身を引いたように見えるだろう。

俺は何者にも邪魔されずにゴールへと駆け抜けた。


広場に戻ると、ゴールテープが俺の目に飛び込んでくる。真っ白なテープを目指して、最後の疾走に力を込めた。

俺がテープを切ると、会場中の観客がワッと歓声を上げる。特別ステージではルティが凛とした佇まいで戻ってくる参加者たちを持っていた。

さすがに全力疾走でコースを走り抜けたので、息が切れる。深呼吸を数回して呼吸を整えて女神の前に跪いた。

「俺の女神ギルティア。貴女のもとへ最初に戻ってきた俺に褒美をいただけるだろうか？」

「……っ！」

口をパクパクさせるルティがかわいらしい。抱きしめたくなるのをなんとか堪えた。

やがてため息をついて、ルティが優勝者を高らかに告げる。

「優勝者はレクシアス・ハデス、貴方様ですわ!!」

その後、参加者が全員ゴールするのを待って、いよいよ女神のご褒美を受け取るために、俺は広場に設置された特別ステージに上がった。

　なにか言いたそうなルティに気付かないふりをして、イベントを進めるように視線で促す。やっと観念したのかルティがイベントを締めくくるべく、褒賞の授与を始めた。

「それでは、優勝者のレクシアス・ハデスに女神の褒美を与えます。希望を言いなさい」

　ルティのアメジストのような瞳が、俺をまっすぐに見つめている。心に燻る劣情をほんの少し表に出して、訴えかけるように見つめ返した。

「では女神から俺に褒美のキスを贈ってくれ」

「……今なんとおっしゃいました？」

「ルティから俺にキスをしてくれと言った」

「まさか、それがレクス様の望むご褒美ですの？」

「ああ、このためにさまざまな障害を乗り越えて、一番でルティのもとへ戻ってきたんだ」

　俺の言葉に固まっているルティが愛しい。民の前では決して崩すことのないアルカイックスマイルも、今は維持する余裕がないようだ。

　俺だけがルティの心を掻き乱し、俺だけがルティのこんな表情を引き出せる。

　それがたまらなく嬉しい。

　そして、そんなルティは俺のものだから誰も手を出すなと知らしめたい。

　ルティには悪いけれど、今日は俺の呆れるほどの独占欲に付き合ってもらおう。

＊＊＊

私はただハデス王国の王妃として、この建国記念祭を盛り上げたかっただけだった。

それがまさかこんな展開になるとは、誰が想像するだろう。

こんな大衆が見守る前で夫にキスをせがまれるなんて、しかもイベントの褒賞で断れないなんて。

「レクス様、なにか他のものではダメでしょうか？」

「そうだな……この特別ステージで俺の膝の上に乗って、五分間好きにさせるのでもいいぞ？」

その申し出に一瞬喜んだものの、『五分間好きにさせる』の部分に引っかかりを覚える。

好きにってどういうことですの？　まさか、執務室でいつもしているように、私の髪を弄んで首筋にキスの嵐を落とすアレですの!?

ダメダメダメダメダメッ！　そちらの方が私の精神的ダメージが大きいですわっ！　なぜそんな公開処刑のような提案をされるのかしら!?

レクス様の提案は、どちらにしても私にとっては恥ずかしくて罰ゲームのようなものだ。それならどちらがマシなのか。

「わかりましたわ。最初の願いどおり、レクス様にはキスのご褒美を授けます」

幸いにもレクス様はキスをする場所の指定まではしていなかった。

にこやかに笑みを浮かべるレクス様に一歩近づく。

見上げると琥珀色の瞳は優しく細められて、愛してるといつも囁くレクス様の声が聞こえてくるようだった。

ドクドクと大きく打つ鼓動がうるさいけれど、ここはイベントの主催者として平静を装う。レクス様の手が私の腰に添えられて、準備万端というように引き締まった身体を屈めた。ほんの少し背伸びをすれば、触れられる距離にレクス様の精悍な顔がある。

私はそっとレクス様の頬に手を添えた。覚悟を決めてえいっと背伸びし、左頬に唇を押し当てる。そこで観衆たちが地鳴りのような歓声を上げた。恥ずかしさを堪えているけど、きっと頬や耳は赤くなっているはずだ。先ほどから熱を持っているのがわかる。

でもやったわ。私はこの拷問ともいえる羞恥にまみれたご褒美イベントをやり遂げたのよ……！

これで文句ないだろうとレクス様を見上げる。

ピシリと固まったまま動かないレクス様を不思議に思いながら声をかけた。

「レクス様……？　これでよろしいでしょう？」

「……ルティ、誰が頬でいいと言った」

「え、でも特になにもおっしゃいませんでしたわ。頬でもキスはキスでしょう？」

「違う、こっちだ」

私の背中を観衆に向けて、さらにきつく抱き寄せる。逃げようと思った時にはもう遅かった。

獲物を狙うような黄金の瞳は、鋭く私を射貫いて離さない。

ダメだ、そんな瞳で猛烈にほしがるように見つめられたら、嬉しくて逃げられなくなる。

「ルティは俺のものだ」

そんなわかりきったことを呟いて、レクス様の艶めく唇が落ちてくる。そのまま深く深く貪られて、私は溶けそうになってしまった。

夫の愛が重いのはわかっていたけど、さすがにこれは恥ずかしい。ふたりきりの時ならいくらでも受け止めるのに。

クラクラする頭ではそんなことしか考えられない。

観衆たちの大歓声も遠くに聞こえる。

私が今感じているのは、最愛の夫であるレクス様の狂愛だけ。

どれくらいの時間が経ったのか、やっと解放された時には私は完全に使い物にならなくなっていた。

「ルティ、そんなとろけた顔ではこの後の仕事は無理だろう？」

「もう、レクス様のせいですわ……」

弱々しく抵抗してもなんの効果もない。

「それではこれで女神のご褒美イベントは終了とする！　エイデン、アリア、後を頼めるか？」

「承知しました。レクシアス様、本当にほどほどにしてくださいね？」

「かしこまりました。明日の朝は遅めの時間に伺います。ギルティア様にはそうお伝えください」

エイデンとアリアに迷惑をかけてしまったわ。これでは王妃失格よ。こうならないためにもレクス様とちゃんとお話ししなければ。

「ではこれにて建国記念祭を終了とする！　また来年だ！」

そう言ってレクス様は転移魔法で、私を抱きしめたまま王城の夫婦の寝室に戻ってきた。

部屋に戻ってきたのはいいけれど、先ほどのレクス様のキスですっかり力が抜けてしまった私は、立つのもままならなかった。レクス様は寝室のベッドの上にそっと座らせてくれる。

「レクス様……どうして大勢の民の前で、あ、あんな深いキスをされたのですか！」

私はたまらずレクス様に訴えた。

だって本当に恥ずかしかったのだ。やめてほしいのに、レクス様の熱いキスに逆らえない自分の姿を晒（さら）け出してしまったことがたまらなく恥ずかしかった。

「ルティは俺のものだから、手を出すなと知らしめたかった」

「そんなの、私はもうレクス様の妻なのですから、みんなわかっていますわ」

「でも、ルティに鼻の下を伸ばすヤツが多すぎる」

眉間にシワを寄せてレクス様は不機嫌そうに腕を組む。

つまりヤキモチを焼いていたのだ。そんな夫に胸がキュンキュンし、今すぐレクス様に抱きつきたくなる。でも、グッと堪えた。

「レクス様、私はレクス様以外の男性はまったくもって異性として興味ありませんわ。ですから、もしそのような下衆（げす）な考えで近づいてきた者には、王妃として私自身が鉄槌（てっつい）を下します」

「それもそうだな」

ほんの少し肩の力が抜けたレクス様が、私の隣に腰を下ろした。そして私の手を取り、まだ熱を持ったままの唇を指先にそっと落とす。

「だけど、ルティのご褒美をもらうのは俺だけでいい」

「それはダ――」

ダメと言おうとして、唇をふさがれた。

さっきの特別ステージでのキスがお遊びに思えるほど情熱的に求められる。燻っていた身体の中の熱がぶり返して、そのままベッドへと倒れ込んだ。

「ルティ、俺にはルティだけだ。どれだけ愛を伝えても、まだ足りない」

「ふふ、私もですわ。きっと、一生かかっても全部お伝えできません」

「ルティ、愛してる。なによりも、誰よりも、ルティだけを愛してる。だから、もっとルティがほしい」

「レクス様……」

琥珀色の瞳に宿る劣情は仄暗い光に変わり、私を絡め取ろうと揺れている。

だけど息が詰まるほどの独占欲は、夫の愛を渇望する私の乾いた心を潤していった。私の重く深い愛に応えられるのは、きっとレクス様だけなのだ。

「もう、仕方のない人ね。でもそんなレクス様を愛してるわ」

今度は私から、その柔らかくて熱い唇にキスをする。

「じゃぁ、このまま俺だけのルティでいて」

そうして、レクス様の両腕の中に囚われてしまえば、もう逃げられない。

いいえ、もう逃げたくない。私を捕まえて、決して離さないで。

「いいですわ。私はとっくにレクス様に囚われているのですもの」

「うん、じゃあ、朝まで俺だけのルティだな」

待って、朝まで⁉　朝までですの⁉

それは聞いてませんわー!!


ハデス王国では年に一度、建国記念祭が開かれる。その最終日におこなわれる『女神のご褒美』と呼ばれるイベントは毎年盛況だった。

ちなみに開催二年目から王族の参加禁止が条件に追加された。

この作品に対する皆様のご意見・ご感想をお待ちしております。

おハガキ・お手紙は以下の宛先にお送りください。

【宛先】

〒150-6008 東京都渋谷区恵比寿4-20-3 恵比寿ｶﾞｰﾃﾞﾝﾌﾟﾚｲｽﾀﾜｰ 8F
（株）アルファポリス　書籍感想係

メールフォームでのご意見・ご感想は右のＱＲコードから、
あるいは以下のワードで検索をかけてください。

アルファポリス　書籍の感想

ご感想はこちらから

本書は、Webサイト「アルファポリス」(https://www.alphapolis.co.jp/)に掲載されていたものを、改稿のうえ書籍化したものです。

婚約破棄からの追放とフルコースいただきましたが、隣国の皇子から溺愛され甘やかされすぎてダメになりそうです。

里海慧（さとみ あきら）

2023年　2月　5日初版発行

編集－塙綾子
編集長－倉持真理
発行者－梶本雄介
発行所－株式会社アルファポリス
〒150-6008 東京都渋谷区恵比寿4-20-3 恵比寿ｶﾞｰﾃﾞﾝﾌﾟﾚｲｽﾀﾜｰ8F
TEL 03-6277-1601（営業）　03-6277-1602（編集）
URL https://www.alphapolis.co.jp/
発売元－株式会社星雲社（共同出版社・流通責任出版社）
〒112-0005 東京都文京区水道1-3-30
TEL 03-3868-3275
装丁・本文イラスト－ののまろ
装丁デザイン－AFTERGLOW
（レーベルフォーマットデザイン－ansyyqdesign）
印刷－中央精版印刷株式会社

価格はカバーに表示されてあります。

落丁乱丁の場合はアルファポリスまでご連絡ください。

送料は小社負担でお取り替えします。


ISBN978-4-434-31519-0 C0093